痛快《つうかい》!
マジック同盟 ミスフィッツ

A

カーニバルに消えたダイヤを追え

作
ニール・パトリック・ハリス
& アレック・アザム
訳
松山美保

静山社

THE MAGIC MISFITS
BY NEIL PATRICK HARRIS

文句なくはみだしているふたり、
ギデオンとハーパーへ

CONTENTS 目次

グランド
オークリゾート
ヴァーノンの
マジックショップ
町の中心地
THE
TOWN OF
MINERAL WELLS
ミネラル
ウェルズ
の町

N
B. B. ボッソの
カーニバル

ごあいさつ！

魔《ま》法《ほう》を信じる？　やあ、こんにちは。そうだよ、きみに話してるんだ。どう？　魔《ま》法《ほう》を信じるかい？

　きみがこの本に登場する男の子と似《に》ているなら、信じないっていうかもしれないね。だけど、たしかに魔《ま》法《ほう》はある。まわりのいたるところにあるよ。ほんとさ。信じない？　ほら、ぼくの目をみて、まほうがみえないか教えてくれよ！

　めめめめめめめめめめめめめめめめめめめめめめまめめめめめめめめめめめめめめめめめめめめめめめめめほめめめめめめめめめめめめめめめめめうめめめめめめめめめめめめめめ

わかったかな？　目……め……

(もう笑わなくていいよ。そんなにウケてないか)

それより、ここでちょっとまじめな話をしよう。

魔法《マジック》は人によってちがう意味を持っている。シルクハットからウサギを出したり、人をのこぎりでまっぷたつに切ってから、(できれば)また元どおりにくっつけたりすることだっていう人もいるし、気持ちのいい秋の日とか、大好きな人からやさしくぎゅっとされることだっていう人もいる。ぼくにとっては、物語とか、ゲームとか、なぞとか、ハッと息をのむ思いがけないことだったりする。

ね、だから、魔法《まほう》は形も、大きさも、色も、味も、においも、感情《かんじょう》も、さまざまなんだ。きみが今、持ってるような本の形をしているかもしれない。していないかもしれない。ぼくとしては軽はずみなことはいいたくない。

ただ、この世界にある魔法《まほう》になかなか目をむけられないときもある。ちょうどこの本に登場する男の子みたいにね。ひょっとすると、綿《わた》あめをくるくる回すのにいそがしかったり、窓辺《まどべ》にとまっている鳥に気をとられていたり、屋根うら部屋の片《かた》づけでへとへとになっていたりするせいで、気づかないかもしれない。それでも、ぼくが保証《ほしょう》する。魔法《まほう》はたしかにある。とにかく、どこに注目するかを知ることが大事だ。(鼻を使って! 舌《した》を!

目を！　頭をはたらかせて！）もちろん、自分で魔法《まほう》を起こすことだってできる。

魔法《マジック》について学びたいって？　そうじゃないかと思ってたよ。よし。ぼくのあとについ
ていってみて。シム・サラ・バンッ！

ごめん――ちゃんと声に出していってない気がする。いいかい、あとについて、くり返
して。シム・サラ・バンッ！

もっと大きな声で。シム・サラ・バンッ！

すばらしい。きみはいい生徒になるよ。

じゃあ、ページをめくって……

おっと、待った、待ってくれ……ちょっと止まって！

ぼくとしたことが！　さっきの〈めめめめ〉に自分で目がくらくらしたらしくて、この
ふしぎな物語の本編《ほんぺん》に入る前に、最後にひとつ大事なことをいうのを忘《わす》れるとこだった。

（ティンパニーの連打よろしく！）はじめに、説明しておかなきゃならないのは……

HOW TO…

コの本の読み方について!

こ**ノ**本をいつ、どこで読むかはわからないよね。バスや飛行機、あるいは**ホ**し草をつ**ン**だ荷車《にぐるま》の後ろ**ニ**乗ってるときかもしれない。**ハ**をみがいてるときかも、髪《かみ》をとかしてるときかも、飼《か》ってるアンゴラウサギの毛をブラッシングしてあげてるときかもしれない（きみも飼《か》ってるだろう?）。ベッドのなかかも、ベッドの下かも、**ヒ**ょっとすると、ベッドから数メートルうきながらかもしれない。気がむけば、お風呂場《ふろば》で、鏡にうつして読むかもしれないよね。後ろから前にとか、逆《さか》さまにとか、下から上にとか。

いつ、どこで、かもわからないけど、どう読むかもまったくわからない。目を開けて読むかもしれないし、目を閉《と》じて読むかもしれない（方法はあるよね）。逆《ぎゃく》から読むかも、鏡にうつして読むかもしれない。だれかに声に出して読んでもらうかもしれない。ある文章の単語のどこかの文字を読んで、これは大事だと思ったりするかもしれない。章の後ろのくうらんに当てはまる文字をすべて**ミ**つけると、メッセージがわかるようになってるところが一か所はあるからね（選べるのっていいよね）。

そこで、この本のなかにマジックの授業《じゅぎょう》がいく**ツ**かあることをあらかじめ知っておいてほしいんだ（手品とか奇術《きじゅつ》っていうこともある）。おはなしの章では、冒険《ぼうけん》や苦悩《くのう》、わくわくどきどきを味わってもらえるし（必ずしもその順番でなくてもいいけど）、マジックの時間（章のなかにかくれていることもあるよ）を読めば、実演《じつえん》の秘《ひ》けつ**ガ**書いてあるから、きっと役に立つと思う。

おはなしとマジックのどちらの章も順番に読んで**イ**くと、気づいたら「わあ！」**ッ**て声をあげてるかもしれない。冒険《ぼうけん》しながらマジックも学べるからね。めいっ**パ**い楽しむために、両方読むことをすすめておくよ。

ところで、マジシャンの秘密《ひみつ》は、だれかに明かす必要があるんだ。次の世代に伝えて、その人たちがもっとすご**イ**わざを身につけたり、大胆《だいたん》な挑戦《ちょうせん》をかなえたりするためにね。だから、ぼくはそれをきみに**ア**かそうと思う！　ただし、ひとつお願いがあ**ル**。その秘密《ひみつ》はき**ミ**だけのひみ**ツ**にしておいて。きみの友だちや、友だちの友だちには明**カ**さないでほしい。それと、その秘密《ひみつ》を使って、近所の人をだましたり、住んで**ル**町のどこ**カ**の屋上から、大声でその秘密《ひみつ》をさけんだりし**ナ**いでくれ。ほんといって、みてくれる人のしかめ面を笑顔に変えるのが何よりもやりがいのあるマジックなんだ。笑顔をしかめ面にするよりずっといい！

やれやれ――ぼくのたわいもない話はこれくらいにして……さあ、始めよう。

準備《じゅんび》はいいかい？
おっ、すばらしい。
では、ページをめくって……

解答

□□ □□ □□、□□□ □、□□□□ □□。
□□□□ □□ ？

コノ ホン ニハ、ヒミツ ガ イッパイ アル。ミツカル カナ？

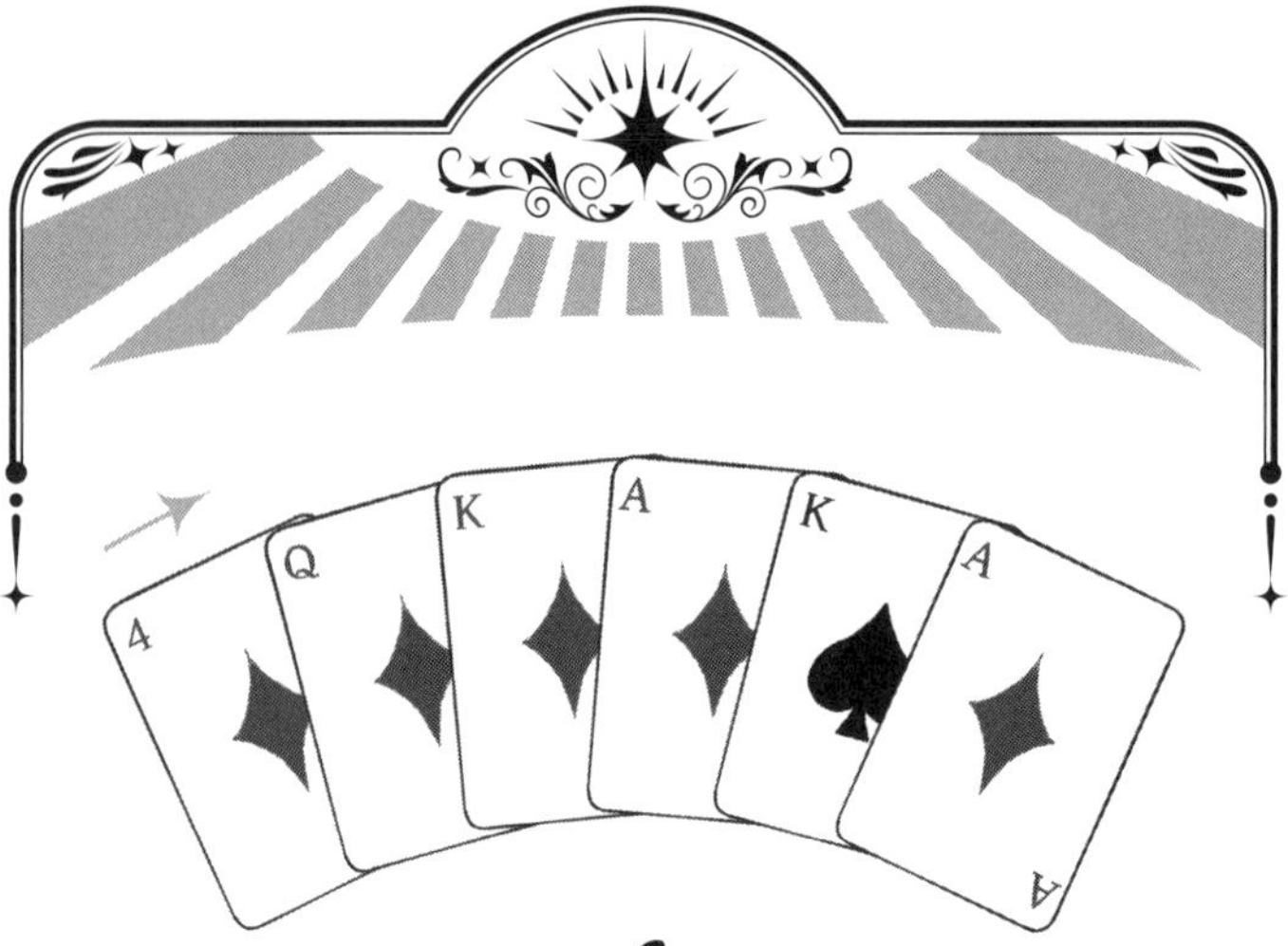

1

ONE

町のはずれの暗闇《くらやみ》につつまれた鉄道操《そう》車場《しゃじょう》に、ぼんやりした人かげが、たちこめる霧《きり》のなかからあらわれた。その人は一度後ろをふりかえってから、レールがいくつもならぶ、がらんとした線路ぞいを勢《いきお》いよくかけだした。

　もし、きみがぼくと似《に》てるなら、街灯の明かりが遠くから照らすだけの、すたれた操車場《そうしゃじょう》で、夜霧《よぎり》のなかから人かげがあらわれるなんて、想像《そうぞう》しただけでぎょっとするかもしれないね。だけど、心配しなくていい。あらわれたのはやせっぽちの少年だ。名前をカーター・ロックという。

　ここで心配するとしたら、すぐ後ろをやってくる男のほうだ——男はカーターを

1

追って操車場《そうしゃじょう》を走りながらどなっていた。「カーター！　もどってこい！　逃《に》げるんじゃない！　何もしないから！」最後のひと言はウソだった。男は最初からカーターをいためつけるつもりでいたんだ。

幸い、カーターにはそれがわかっていた。だから、両足を必死に動かしながら、肩《かた》かけカバンをぐっとつかみ、暗闇《くらやみ》に神経《しんけい》をとぎすまして、どの汽車が操車場《そうしゃじょう》の奥《おく》から出て、シュッ、シュッと音を立てて線路をやってくるかを、聞きわけようとしていた。ピーッという汽笛の音がこまくをふるわす。カーターは足をもつれさせながら線路を横切った。

何列かむこうのレールの上を、なじみのある金属《きんぞく》のぶつかりあう音が近づいてきた。さびてはいるけど、いろんな色の車両がつながった汽車が、ガタン・ゴトン、ガタン・ゴトンと、しだいにスピードをあげながら、霧《きり》を追いはらって進んでくる。もう、その姿《すがた》がカーターの目にもはっきりみえた。カーターは線路をとびこえ、動きだした汽車においていかれないよう、走る速度をあげた。操車場《そうしゃじょう》の奥《おく》から車両がどんどん連なってくる。赤、青、緑、黄色、紫《むらさき》、こい赤、黒、オレンジ、もっとこい赤。

色とりどりの列車を目にして、カーターは生まれて初めてみた手品を思い出した。やさしい手が、カーターの顔のそばにのびてきて、耳から赤いシルクのハンカチがとびだしたと思ったら、つづいて黄色、青、緑……といろんな色のハンカチがつながって、あとからあとから引っぱり出されてきた。それが、カーターの数少ない父さんの思い出だ。

とっさに肩《かた》かけカバンにふれた。小さな木箱がちゃんと入っているかをたしかめる。だいじょうぶ。木箱はある。

カーターは汽車とならんで走りながら、すぎていく車両を一つひとつよくみて、とび乗れる場所をさがした。後ろから、砂利《じゃり》をふむ足音が聞こえる。そのあと、いじわるそうなしゃがれ声がひびいた。「カーター！　汽車にとび乗ったらしょうちしないぞ！」ゴトンゴトンという音も男の声をかき消してはくれない。それどころか、さっきより声が近い。もう、ほとんど真後ろだ。「ここからアフリカのティンブクトゥまで、どの町のうわさもおれの耳に入ってくる！　おまえはぜったいに逃《に》げられない！　わかったか？　ぜったいにだ！」

カーターはつかまったらどうなるかは考えまいと決めて、機関車に注意をむけた。レールの上を回転していく重たい車輪に、明かりが反射《はんしゃ》してきらめいている。汽車の困《こま》ったところは、金属《きんぞく》でできていて、一両だけでも最低一トンあることだ。だから、一度動きだしたら速い。近づきすぎて、つまずいて転んだりしたら、何もかも終わりだ。

そのとき、明るい黄色の車両がカーターのそばを通過《つうか》しはじめた。黄色……前にペットショップのショーウィンドウでみたカゴの鳥が思いうかんだ。鳥は空を自由に飛ぶようにできているよね？　カーターはそれをしるしと受け取った。ぼくが手をのばすべきなのはこれだ。この汽車がきっと、ぼくを遠くへ連れてってくれる。ただ、車両のわきについているはしごにわずかに手がとどかない。

動いている汽車にとび乗るのはむずかしいし、こわいと思う人だっているよね——だけど、カーターはこれまでに何度もとび乗ったことがあったんだ。だから、カーターにとっては、だれかの耳の後ろからコインを一枚《まい》出したり、五十三枚《まい》のトランプを片手《かたて》で切ったりするのと同じくらい、ふつうのことだった。

ただ、運悪く、カーターを追いかけてくる男にとっても汽車にとび乗るのは大したことじゃなかったから、男ははしごをつかもうとするカーターの肩《かた》かけカバンをつかんで、地面に引きずりおろした。

「いやだ！」カーターは声をはりあげた。

ふたりは砂利《じゃり》の上にたおれて転がった。すぐ横を、黄色い車両の車輪がぐらぐらするレールの上をゴトンゴトンと進んでいく。その音があわてふためくカーターの心臓《しんぞう》の音と

1

ひびきあう。この汽車においていかれたら、どうなってしまうのかなんて、考えたくもない。

だから、カーターは動くのをやめなかった。転がる途中《とちゅう》で体をひねって宙返《ちゅうがえ》りをすると、着地してすぐに、勢《いきお》いよく体を前にたおし、男の手から肩《かた》かけカバンを引きぬいた。そして、でこぼこした砂利《じゃり》に両足をしっかりすえると、最後の車両にとびついた。最後尾《さいこうび》の開いたとびらの横にはしごが下がっている。カーターのすばやい両手がはしごの一番下のふみ段《だん》をぐっとつかんだ。腱《けん》がピンとはり、ういた体をしっかり支《ささ》えている。カーターは体を持ちあげ、上の段《だん》に手を移《うつ》すと、両足をひきあげて、しだいにスピードをあげていく列車の後ろにしがみついた。

息が落ちついてから、車両の屋根に上がって、腰《こし》をおろした。風で髪《かみ》があちこちにはためく。前のほうで、またピーっと汽笛が鳴りひびいた。

ふりかえると、男が線路のそばにひざをついていた。怒《おこ》って両腕《りょううで》をふりあげ、夜にむかってさけんでいる。けれど、その姿《すがた》もあっという間に小さな点になり、ついには遠い闇《やみ》のなかに消えた。カーターはさようなら《グッドバイ》と手をふった——町にむかって。ザレウスキーさんにむかって。そして、あとを追いかけてきた男にも——ただ、この男にはグッドバイ

（神さまがともにありますように、という祈《いの》りの言葉だ）ではなく、バッドバイなんて願えたとしたら、カーターはきっとそうしていただろう。

空がきれいな青に変わり、太陽が顔をのぞかせた。やがてカーターは、いつもの心地《ここち》いい汽車のゆれと、車輪が回転するゴトンゴトンという音に気持ちが落ちついて、大きなあくびをひとつした。それから屋根を伝いおりて、車内に入りこんだ。数えきれないほどたくさんの箱が、木の荷台につんである。カーターは荷台のそばの床《ゆか》にゴロンと寝《ね》ころぶと、肩《かた》かけカバンをまくらに、いつの間にか眠《ねむ》ってしまった。希望と、いい運命と、悲しい運命と、冒険《ぼうけん》の夢《ゆめ》をみた。もしかしたら魔法《まほう》があるかもしれないという思いが一、二度パッとうかんで消えた。

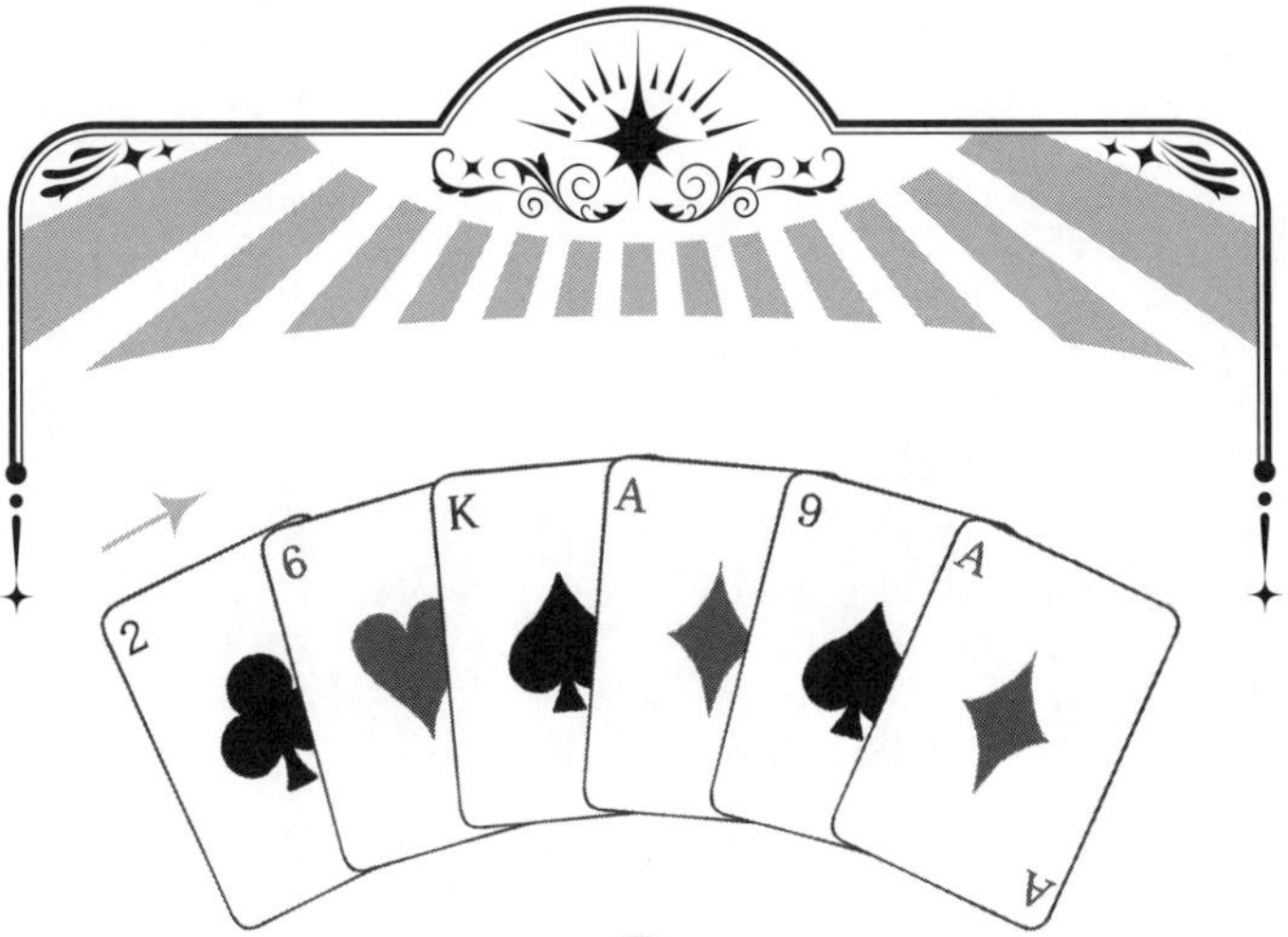

2

TWO

さてさて！　このあたりでちょっと、これまでの話をしておこう！

物語が動きだしたところで中断《ちゅうだん》なんて、ほんとにしゃくにさわるってわかってるんだけど、これから何が起こるか話す前に、カーターについて知っておいてほしいことがいくつかあるんだ。たとえば、この子はだれなのか、とか、どうして逃《に》げているのか、とかね。それと、カーターが逃《に》げようとしている男についても。約束する。すぐにカーターの逃避行《とうひこう》の話にもどるよ。もし、そうならなかったら、ぼくを脱出《だっしゅつ》マジックで使う、きゅうくつな拘束衣《こうそくい》（自由に動けない服のことだ）に鍵《かぎ》なしで閉《と》じこめてくれてかまわない。おお、こわっ！

ま、とにかく……先に進もう！

✦ ✦ ✦

カーターはおじさんに手品（マジックトリック）をならった。けれど、それはただのごまかし（トリック）で、魔法《まほう》（マジック）とは関係なかった。そんなのあたりまえだと、カーターは思っていた。魔法《まほう》なんてあるわけがない。そんなのだれだって知っている。幼《おさな》いころにはもう、ふしぎで、楽しくて、すばらしいことなんてこの世にはないんだとカーターは思うようになった。だけど、カーターのせいじゃないよ。悪いことって、いい人にふりかかることもあるからね。

じつは、カーターはステキな両親のもとに生まれたんだ。母さんは輝《かがや》く笑顔《えがお》の持ち主で、すっきり晴れた日の海辺の太陽を思わせた。父さんは耳からコインを出したり、トランプひと組をあとかたもなく消したりできた。三人はちっぽけな北の町のはずれの、木々がしげる曲がりくねった道ぞいの家に住んでいた。白いふちどりのある赤い山小屋風の小さな家だ。カーターがまだ三歳《さい》かそこらのある日の午後、両親はふたりとも帰ってこなかった。次の日もふたりは帰ってこなかった。その次の日も。ベビーシッターが警察《けいさつ》に電話をかけているそばでカーターは、これは父さんの得意《とくい》なトリックじゃないかって期待した。けれど、さらに次の日になっても、なんのれんらくもない。ついにカーターは、冷たくきびしい現実《げんじつ》とむきあわなきゃならなくなった。父さんも母さんも帰ってはこない。これがふたりの最後の姿《すがた》を消す芸なんだ。

幼《おさな》いカーターは遠い親戚《しんせき》にあたる、シルヴェスター(通称《つうしょう》スライ)・ビートンという名の男に引き取られた。わかりやすく話を進めるために、この人をカーターのおじさんと呼《よ》ぶことにしよう。

スライおじさんはやせてはいるけど、がんじょうな体つきの小男で、いつも茶色いツイードのスーツを着ていた。スーツはぬい目がすりきれて、虫食いをふさいだつぎ当てがあちこちにあった。よごれてべとついた長い髪《かみ》を後ろでしばり、ぼさぼさのポニーテールにしていた。ひげがほおからあごにかけてぽつぽつ生えていたけど、とがったあごの先がかくれることはめったになかった。スライにはずるがしこいって意味があるんだけど、おじさんはよく、スライというあだ名は、自分がキツネに似《に》ているからだってみんなに話していた。**キツネもずるがしこい**といわれているからね。ただ、カーターはいつも、おじさんはキツネよりイタチに似《に》ていると思っていた。これは、いいところをついている。なにしろ、おじさんはいつも、イタチみたいにこそこそと、よからぬことをしていたんだ。おじさんはカーターのめんどうをみるのは気が進まなかった。カーターのほうもイタチみたいな人といっしょに暮《く》らすのはいやだった。だけど、そうするしかなかったから、カーターはおじさんとの生活をせいいっぱいがんばった。

スライおじさんもカーターの父親と同じで、手品が得意《とくい》だった。カーターの鼻先にティッシュを近づけて、くしゃみをさせたとたんに、そこからコインが滝《たき》のようにグラスのなかに流れ落ちる。それから、一枚《まい》ずつグラスのコインを消していく。これにはカーターもびっくりぎょうてんーー目がてんになった。

カーターはおじさんに手品のやり方を教えてほしいとしきりにたのんだ。そのうち、スライおじさんも、助手がいたほうがつごうがいいと思いついて、カーターに自分の知っていることをすっかり教えた。すると、カーターは天性《てんせい》のマジシャンだとわかったんだ。すぐにカーターは、スライおじさんに教わった手品をはじからやりはじめたーーしかも、おじさんよりじょうずだった。カーターにはとくべつな才能《さいのう》があったんだ。指が長く、筋《すじ》がピンとはってるから、手先が器用で、トランプを切るのがうまかった。コインを消して、部屋の反対側で出すこともできたし、何もないところからトランプを出すこともでき

2

た。スライおじさんのくしゃみの手品にいたっては、コインの代わりに、サイコロの形をした氷を使ったりもした。人の鼻の穴《あな》の大きさを考えると、氷を出すほうがみている人をあっといわせられるよね。

スライおじさんは、自分が一番得意《とくい》な、おなじみの奇術《きじゅつ》にアレンジまで加えられる若《わか》いおいっこの才能《さいのう》をほめる人間じゃなかったけど、くしゃみをして目の前にサイコロ形の氷が出てきたとき、チャンスに気づく目ざとさはあった。おじさんはカーターの誕生日《たんじょうび》に、パーティでお祝いする代わりに、おいっこをテストすることにした。街角にいたカップルに声をかけさせ、生まれて初めて手品をひろうさせたんだ。

カーターはカップルのほうに歩いていきながら、緊張《きんちょう》ぎみにブロンドの髪《かみ》をなでつけ、青白いほおをつねって、青い目を大きくみひらいた。カップルはよろこんで足を止めてくれた。カーターはまず、ひと組のトランプを二人にみせ、女の人に一枚《まい》選びとってもらうと、両手でかくしてみえないようにしてくださいとたのんだ。

「さあ、しっかり持っててください」カーターはいった。「今、どのカードを選んだのか、ぼくが当てます……それはダイヤのクイーンですか？」

「そうよ！　そのとおり！」女の人は息をのんだ。ところが、両手を開いてたしかめようとして、声をあげた。「カードがないわ!」

「そうですか?」カーターは自分が持っているダイヤのクイーンをみせた。

「どうやったんだ?」男の人がたずねる。

「もちろん、魔法《まほう》です」カーターはいった。言葉でならなんとでもいえる。カーターはほんとうに魔法《まほう》があるとは信じていなかったけれど、相手の注意をひとつのものにむけて、ほかからそらすためのコツなら多少知っていた。カーターはしだいに大胆《だいたん》になり、男の人にむかってさらにいった。「では、さっき持っていったカードをぼくに返してもらえますか?」

「おれは取ってない」男の人はこたえた。

「では、そのポケットに入っているのはなんですか?」

男の人が自分の胸《むね》ポケットに手を入れると、たしかにダイヤのキングが入っていた。

カップルは大声で笑いだした。カーターは手首をひねって、いろんな色の紙でできた花束を出し、女の人にプレゼントした。それから、スライおじさんに教わったようにおじぎをする。カップルはさかんに拍手《はくしゅ》をしてくれた。

女の人はカーターのほおにキスをし、男の人は五セント銅貨《どうか》をくれた。スライおじさん

2

ははこらしげにカップルの両方と握手《あくしゅ》すると、カーターをせかしてそそくさと立ち去った。

カーターは太陽のように顔を輝《かがや》かせた。ぼくはあの若《わか》いカップルをよろこばせた。ふたりの笑顔《えがお》を引きだしたんだ。カップルの笑顔《えがお》に記憶《きおく》のなかの父さんと母さんの笑っている姿《すがた》が重なる。パーティなんてなくたってちっともかまわない。じゅうぶんうれしい誕生日《たんじょうび》だ……。

そう思ってたのに、後日、おじさんが男の人の腕時計《うでどけい》と、女の人の結婚《けっこん》指輪を盗《ぬす》んでいたことにカーターは気づいた。おじさんに利用されたんだとようやくわかった。悪者が罪《つみ》のない人たちから盗《ぬす》みをはたらく話は数えきれないほど知っている。そういう話を見聞きするたびに、カーターはだれかに両親を盗《ぬす》まれたような気持ちになった。

そして、わずかに残っていた幼《おさな》いころの幸せな感情《かんじょう》も、穴《あな》のあいた風船から空気がぬけるみたいに、カーターからぬけ出てしまった。

✦ ✦ ✦

スライおじさんはどれだけひいき目にみても、理想的な保護者《ほごしゃ》とはいえなかった。それどころか、正反対だ。スライがどろぼうだってことはもうわかってると思うけど、サギ師《し》

――他人にウソを信じこませてだます人――でもあることを知っておいてほしい。

カーターのおじさんは時間をかけないサギを楽しんでいた。つまり、何日も何週間もかけてだましとるようなことはせずに、できるだけすばやく、あっという間に人々から金品をまきあげるんだ。被害者《ひがいしゃ》が盗《ぬす》まれたと気づいたときには、すでにスライおじさんは消えている。

そのため、カーターは家を持ったことがなかった。友だちも、自分の寝《ね》る部屋もない。学校に通ったことも、安心できる場所があったことも一度もなかった。カーターとおじさんは、いいときはホームレスの収容所《しゅうようじょ》や安宿で眠《ねむ》り、悪いときは暗い路地で眠《ねむ》りながら、つねに町から町へ移動《いどう》をつづけていた。やっぱり、他人のものを消すくせがある場合《ばあい》は、自分の消え方も心得《こころえ》ておくほうがいいからね。

スライおじさんは、カーターをおいて何日か姿《すがた》を消すこともあった。カーターにはおじさんがどこへ行ったのかもわからないし、ケガをしているのかも、ピンチにおちいっているのかも、また会えるかどうかもわからない。それでも、スライおじさんは必ずもどってきた。ただ、なんの説明もしてくれなかった。カーターもどこに行っていたのかきくほどまぬけではなかった。おじさんが冷たい怒《いか》りに目をぎらつかせて、みるからに何かあった

なとわかる、かすり傷《きず》や打ち傷《きず》を負っているときはとくに。

ひとりぼっちにされると、カーターはいつも、手品の練習をするか、一番近い図書館をさがした。カーターは希望とか、強さとか、驚《おどろ》きとかを説いた本を読みふけるのが大好きだった。ほかにも、機関士《きかんし》とか、体操《たいそう》について書かれた本とか、パイの料理本なんかも楽しんで読んだ。そのうちカーターは、ひとりでやっていくのがうまくなった。側転はお手のものだし、甘《あま》いおやつをいつも夢《ゆめ》みるようにもなった。

月日がたつにつれ、カーターのしんぼう強さもだんだんくずれていった。おじさんはどろぼうだ——カーターはもう、そのことを知っていた。それでも、おじさんが急に思いたって、どこかの町を選んで仕事につき、身を落ちつけてくれるんじゃないかという希望も持ちつづけていた。それはほんとうにわずかな希望で、もしかすると、ありえない希望だったかもしれない。それでも、希望はカーターが持てる数少ないもののひとつだった。

ところが、あるさわやかな春の夜……

「あそこにいる男がみえるか？」スライおじさんはカーターにささやいた。「おまえ、行って腕時計《うでどけい》をくすねてこい」くすねるっていうのは、盗《ぬす》むことを意味するんだ。

「何度もいってるよね？」カーターはこたえた。「ぼくは人のものは盗《ぬす》まない」何年か前に、おじさんの正体を知ったときから、カーターはこのルールを思いついた。ぜったいにおじさんみたいにはならない。どんなことがあっても――そう心にちかった。以来、それがカーターのおきてだ。

「このガ（キ）――」スライおじさんはどなりながら、カーターのシャツを乱暴《らんぼう》につかんだ。そのとき、警官《けいかん》がひとりあらわれた。通りのむこうから、警棒《けいぼう》をくるくる回しながら歩いてくる。スライおじさんはとたんに晴れやかな笑《え》みをうかべて、カーターを大切な息子《むすこ》のように、ぎゅっと抱《だ》きしめた。「――かわいい太陽！ あ、こんばんは、おまわりさん」

警官《けいかん》は軽くうなずき、そのまま歩いていく。

警官《けいかん》がみえなくなると、スライおじさんはカーターのえりをつかんでどなった。「いいだろう。なら、おれが仕事をするあいだ、見張《みは》りをしろ」

おじさんが考える仕事って、みんなが思いうかべるのとはちょっとちがうんだ。フラフープを考えだすわけでも、重い機械を動かすわけでもない。農場でルバーブを育てるわけでも、動物園のヘビを調教して子どもたちをかまないようにするわけでもない。スライおじさんのいう仕事とはサギ――つまり、人をだまして金目のものを盗《ぬす》むこと――だった。

カーターは、革《かわ》の肩《かた》かけカバンのすみに入っている四角いものを、外側から指でさわった。持ち物は全部このカバンにおさまっている。トランプひと組、コップ三個《こ》、コイン三枚《まい》(なかの一枚《まい》には、表の下のほうに深いひっかき傷《きず》がある)、ビー玉数個《こ》、代えの靴下《くつした》ひと組、ロープ一本、ハンチング帽《ぼう》、そして、表にLWLとイニシャルの入った木の小箱。この小箱はふたがかたくしまっていて、どうやっても開けることができなかったけれど、カーターは気にしなかった。それが両親ののこしてくれた、たったひとつのものだったんだ。

「それより、今、泊《と》まってる家に帰りたい」カーターはスライおじさんに小声でいった。

「お腹《なか》のぐあいが悪い」

「家じゃなくて宿だろう」スライおじさんはかみつくようにいった。「いっておくが、弱気な態度《たいど》はぜったいに許《ゆる》さない。そういう感傷《かんしょう》はおれたちのような生き方をする者には危《き》険《けん》のもとだ。いいかげん、おとなになって、おれの手伝いをするかくごを決めろ」

カーターはうめき声をのみこんだ。スライおじさんは通りにカモがいないかさがしている(カモは鳥の仲間だよね。だけど、ここのカモはだましやすい人のことをさすんだ)。しばらくすると、警官《けいかん》がまたあらわれた。ぶらぶら歩きながら、ショーウィンドウをのぞ

2

きこんでいる。カーターは口笛をふいた。おじさんがどんな罪《つみ》を犯《おか》そうとしているのかは知らないけれど、とにかくやめろという合図《あいず》だ。警官《けいかん》が角を曲がると、カーターは左右をみて、ほかにもみまわりをしている人がいないかたしかめた。そして、危険《きけん》が去ったとわかると、スライおじさんにむかってコクリとうなずいた。

スライおじさんはある路地にすっと入りこむと、通りがかりの見知らぬ人たちに声をかけた。「ほら、みてって――かんたんに勝てるよ。さあ、いらっしゃい、かんたんにできるゲームだよ。ものの一分で出したお金が倍になる。かんたんそのもの、ちょちょいのちょいだ！」見知らぬ人たちはかんたんという言葉を何度も聞くのが好きらしい。だって、みんな、スライおじさんの折りたたみ式のテーブルの前で立ちどまるから。

カーターは仕事をしているスライおじさんのほうが好きだった。サギをはたらいているとき――そうそう、サギっていう鳥もいるよね。だけど、そっちじゃなくて、だれかをだますべつのいい方だ――おじさんは百万ワットの電球ぐらい明るく輝《かがや》いている。おもしろくて、あいきょうがあって、電気みたいに動きがすばやくなる。その笑顔《えがお》におばあさんたちは顔を赤くするし、ふきげんだった男の人も拍手《はくしゅ》をするし、むずかっていた赤ん坊《ぼう》も手をさしだして持っているペロペロキャンディをあげようとする。

だけど、仕事をしてないときのおじさんは、暗く冷たい目になる。そういうとき、おじさんといっしょにいるのは、真っ暗で、あちこちに硬《かた》くとがった角がある部屋のなかを歩きまわるようなものだ。一歩でもまちがったほうに進むと、足の指を思いきりぶつけて、痛《いた》くて悲鳴をあげることになる。だから、カーターはよくつま先立ちで歩いた。

「さあ、みなさん、いらっしゃい」スライおじさんは路地から呼《よ》びかけた。「あっと驚《おどろ》くゲームだよ！　びっくりして靴下《くつした》もゆるんじゃう！」

「その前におじさんに靴下《くつした》を盗《ぬす》まれなきゃね」カーターはぶつぶつひとりごとをいった。おじさんが仕事をしているあいだに、日がかたむきはじめ、思わぬ寒さに体がぞくぞくする。夏が近く、そばの公園の木々は、緑ゆたかな葉をしげらせているのに、雲が太陽をさえぎると、カーターはブルっとふるえた。カバンからマフラーか上着を出したいところだけど、悲しいことに、どっちも持っていない。

とにかく見張《みは》りをつづけなきゃならないので、カーターはおじさんの手の動きを観察した。スライおじさんは手先が器用で（といっても、カーターは自分のほうが器用だと知っていたけれど）、人から金をだましとるお気に入りの方法は、〈豆かくし〉と呼《よ》ばれるインチキのかけ事だった。

2

クルミの殻《から》を三つ、逆《さか》さまにしてテーブルにおく。乾《かわ》いた豆をひと粒《つぶ》、テーブルに出したあと、殻《から》のどれかの下にかくす。それから、ゲームの参加者に、殻《から》を動かすから、しっかりみていてくださいと伝える。スライおじさんが殻《から》を動かすのを止めたとき、参加者がどの殻《から》に豆が入っているかを当てる、というものだ。

「かんたんそうだ」ちょうど前を通りかかった男の人がいった。「わたしがやってみよう」

「さあ、どうぞ」スライおじさんはテーブルに豆をおいて、殻《から》のひとつでかくしてから、べつの殻《から》をふたつ両側においた。「まず、かけ金を出してください。そうです、テーブルに一ドルを。さあ、豆の入った殻《から》をしっかりみていてください」スライおじさんはテーブルの上で三つの殻《から》をごちゃごちゃに動かした。男の人の目は、豆が入っていると思っている殻《から》にむけられたままだ。

「では、ひとつ選んでください」スライおじさんはその人にいった。

「これだ」とその人はこたえた。「ぜったいにこれだ。わたしは目をはなさなかった」

「おもしろい選択《せんたく》です」スライおじさんはほほえんだ。息を止め、なかをみせる。

カーターは首を横にふった。ゲームの参加者が当たることはぜったいにない――スライおじさんが当てさせようとしないかぎり。なぜって、豆はおじさんの丸めた手のなかにかくされているからだ。これこそが手品――つまり、両手をすばやく動かして、だれにも気づかれずに、ものを移動《いどう》させるマジシャンの早わざだ。どのマジシャンにとっても、ひじょうに便利なわざであることをカーターは知っていた。大半のマジシャンは手の早わざで、耳からコインを出したり、だれかのポケットにカードを入れたりする――それはすべて笑顔《えがお》を引きだすためだ。ところが、スライおじさんがそのわざを使うのは、人をよろこばせるためじゃない――おじさんやほかのイカサマ師《し》は、手の早わざで他人の持ちものを知らないうちに盗《ぬす》むんだ。

おじさんが参加者の選んだ殻《から》をあけても、豆はなかった。「残念ですが、あなたの負けです。もう一度挑戦《ちょうせん》されますか？」

「わたしはぜったいにその殻《から》から目をはなさなかった」男の人はどなった。

「残念ながら、はなれたようです」スライおじさんは相手の男にニコッと笑いかけたけれど、お得意《とくい》のあいきょうも、まったく効果《こうか》がない。

この男の人がカーターに父親を思い出させたからなのか、それともただ、おじさんがひとりの被害者《ひがいしゃ》を何度もだまそうとするのを、ついに目にしてしまったからなのかはわからない。けれど、とにかくカーターは気づいた。このままスライおじさんのそばで、また同

2

じことが起きるのをだまってみていたら、自分も同類になってしまうと。

だから、カーターはかくれていた曲がり角の陰《かげ》から出ていった。おじさんが目を大きくみひらくのもかまわずに、ゆっくりテーブルに近づく。「たくみなわざですよね」と通行人の男の人に声をかけた。

「おい、何をするつもりだ？」スライおじさんはどなった。かたく口を結び、怒《いか》りでひたいの血管が切れそうだ。

「手伝うつもり」カーターは小声でこたえた。スライおじさんはまばたきした。怒《いか》りで一《いっ》瞬《しゅん》、口がきけなくなったみたいだ。

男の人はほかのふたつの殻《から》をつかんで、ひっくり返した。どっちにも豆は入っていなかった。「おまえ、ひれつなサギ野郎《やろう》か！」

スライおじさんはテーブルの一ドル札と殻《から》をつかむと、男の人がふりまわしたこぶしをよけた。それから、きびすを返して、いちもくさんに路地の奥《おく》へ逃《に》げていった。カーターはすぐにおじさんとは反対の、通りの先のほうへダッシュした。肩《かた》かけカバンがわき腹《ばら》に当たってはねる。

ふたりの背後《はいご》で、男の人がさけんだ。「警察《けいさつ》を呼《よ》んでくれ！　あの男はどろぼうだ！

だれかつかまえてくれ！」

警察《けいさつ》から逃《に》げなきゃならないのは初めてってわけじゃない。だけど、カーターはいやでたまらなかった。自分は何も悪いことはしていない——少なくとも、あの通行人には——のに、もし、つかまったら、関係者としていっしょに罰《ばっ》せられることになる。だから、カーターは逃《に》げた。

いつか必ず、とカーターは思った。ぼくは逃《に》げるのをやめる。今日じゃないかもしれないし、明日じゃないかもしれない。だけど、近いうちに必ず、逃《に》げるのをやめて、身を落ちつけて、どこか安全なところで暮《く》らすんだ。

もし、こんなに息をはずませていなければ、カーターは笑い声をあげていたかもしれない。どれだけ望んでも、スライおじさんといっしょにいるかぎり、この世で一番ほしいもの——家——を手に入れることはできないんだ。

✦ ✦ ✦

カーターは遠まわりをして、泊《と》まっている宿に歩いてもどった。後ろをふりかえりながら、路地をぬけ、みょうなところで曲がったりしたあと、来た道をひきかえす。そのとき

2

も、警官《けいかん》が追いかけてきていないかをくり返したしかめた。おじさんとまた顔を合わせるのはひどく緊張《きんちょう》する。

冷たい強風が服に入りこみ、肩《かた》から下がるカバンをこすっていく。みると、スライおじさんが宿の入口の階段《かいだん》に腰《こし》かけていた。おじさんは歩いてくるカーターに気づくと、立ちあがって、怒《おこ》ったサルみたいに胸《むね》をふくらませた。カーターはビクッとした。最悪の場面が頭をよぎる。ところが、意外にも、おじさんは何もいわずにカーターをじっとみている。カーターにとっては、どれだけわめきちらされるよりも恐《おそ》ろしかった――あまりに思いがけないことなのだ。スライおじさんはくるりと背《せ》をむけ、宿のなかに入った。ドアがカーターの目の前で閉《し》まりそうになる。カーターはあとにつづくと、ドアをそっと閉《し》めて、靴《くつ》をぬいだ。玄関《げんかん》に泥《どろ》のついたおじさんの足あとが残っている。カーターはそれをきれいにぬぐった。

「今夜は冷えるねえ」ザレウスキーさんがきついポーランド語なまりで声をかけてきた。いつも笑顔《えがお》のおばあさんは、宿のキッチンではたらくボランティアで、ホームレス収容《しゅうよう》所《じょ》にやってくる人に食事を出していた。よごれた青いエプロンをかけて、首から下げたチェーンに小さなダイヤが光っている。

「お腹《なか》へってるだろう。食事を作ってあげようかね？」

「いえ、だいじょうぶです」カーターはこたえた。その日は朝食しか食べていなかったが、お腹《なか》はすいていない。

「何をいってるんだい。育ちざかりの男の子は毎日ちゃんと食べなきゃだめだよ。さあ、ここにお座《すわ》り。今、チーズとラディッシュのホットサンドを作ってあげるからね」

「チーズとラディッシュのホットサンド、おいしそう」カーターはすなおにみとめた。

そんなわけで、ザレウスキーさんはとびきりのチーズとラディッシュのホットサンドを作ってくれた。とびきりって、元の意味はとびあがって敵《てき》を切ることだけど、ここでは最高って意味なんだ。カーターはザレウスキーさんの平和なキッチンのテーブルで、これまでに食べたなかで一番あたたかくて、とろけていて、サクサクした、とびきりおいしいサンドイッチを味わった。おじさんと外で仕事をして、ひどい一日を送ったあとでも、おばあさんの奇想天外《きそうてんがい》な話と笑顔《えがお》に、カーターは声をあげて笑いながら、ほのぼのした気持ちになった。

　そんなふうにやさしく接《せっ》してくれる人はこれまでめったにいなかったから、カーターはザレウスキーさんのことが好きになっていた。おばあさんと話しながら、自分の祖父母《そふぼ》は

2

どんな人たちだったんだろうとか、もし、いっしょに暮《く》らしていたら、どうだったかな、なんて考えた。

「プルーンジュースを飲むかい？　あたしはお腹《なか》のなかの管《くだ》がつまったときに、プルーンジュースにこのおいしいオレンジの粉《こな》をまぜて飲むんだ」

「ぼくのお腹《なか》の管はだいじょうぶだと思う」カーターはクスクス笑った。スライおじさんはお腹《なか》の管の話なんてぜったいにしないし、もし、したとしても、カーターが笑うのを許《ゆる》さないだろう。

カーターがテーブルを片《かた》づけ、お皿を洗《あら》うあいだ、ザレウスキーさんはポーランドとロシアで過《す》ごした子ども時代の話や、その後、アメリカに船でやってきた話を聞かせてくれた。「船にはいい人たちもたくさんいたが、悪人も乗ってた。このダイヤモンドはあたしの母さんのものだったんだよ。その前は母さんの母さんのもので、その前はそのまた母さんのものだった。この国へやってきたとき、あたしはダイヤをマトリョーシカのなかにかくした。ほら、あのロシアの人形さ。人形のなかに人形が入っていて、またそのなかに人形が入っているやつだ。この小さいダイヤはあたしに残された、たったひとつの、ふるさと《ホーム》を思い出す形見なんだよ」

「以前はぼくにも家《ホーム》がありました」カーターは小声でいった。

「ん？　今、なんていったんだい？」

カーターは首を横にふり、何もいわなかった。ザレウスキーさんのふるさとの話がカーターは好きだった。スライおじさんに弱虫だと思われたってかまわない。カーターはよく、自分にもう一度ほんとうの家ができたら、どんな気分だろうと考えた。一週間おきに新しい町の新しいベッドで眠《ねむ》るよりいいに決まってる。

そのとき、スライおじさんがずかずかとキッチンに入ってきた。いすに腰《こし》をおろし、ザレウスキーさんにおなじみのあいそ笑いをむける。

「あたたかいスープとコーヒーを一杯《ぱい》、もらえるかな？」

「もちろん」ザレウスキーさんはそういうと、地下の食料貯蔵室《ちょぞうしつ》におりていった。「コーヒー豆を少し取ってこよう」

ザレウスキーさんに声がとどかなくなると、スライおじさんはカーターのほうに顔を近づけ、ささやいた。「今日はさんざんな日だったから、もっと身を入れて仕事をしろ。あの老いぼればあさんのダイヤモンドをくすねるんだ」

「ぼくは人のものを盗《ぬす》んだりしない」カーターはいった。「それに、あの人は老いぼれな

2

んかじゃない。ぼくたちの友だちだ。一週間ずっとぼくたちに食事を出してくれている」「おれたちには友だちなどいない」おじさんは吐《は》きすてるようにいった。「おれはおまえに何も教えてこなかったか？」

「いいことは何も」カーターはつぶやいた。

「今、なんていった？」スライおじさんはどなった。カーターの腕《うで》をぐっとつかみ、つめが食《く》いこむ。しかし、すぐにはなした。ザレウスキーさんがブリキ缶《かん》を手にもどってきたからだ。「ああ、どうもありがとう」おじさんはザレウスキーさんにいった。「あなたはほんとにすばらしい」

スライおじさんはほしいものがあると、相手に好感を持たれるよう、ひどくいい顔をする。おじさんのまじめそうな笑顔《えがお》と、長ったらしいほめ言葉にたいていの人はだまされてしまう。カーターはそれをみぬいていたけれど、残念ながら、ザレウスキーさんはおじさんの言葉を信じたらしい。にこにこしながらおじさんにコーヒーをいれている。

おじさんがどれだけかんたんに人をだますか、考えただけで、カーターは気分が悪くなった。笑顔《えがお》は魔法《まほう》といっしょで、人の心をあたたかくできるけれど、ぞっとするようなやましいことをかくすときにも使われてしまう。

その夜、ドアのちょうつがいがキイッと音を立てた。寝《ね》ていたカーターはハッとして、シングルベッドの部屋の、冷たい木の床《ゆか》の上で目をさました。まだ暗かったが、よくみると、おじさんが近くの床《ゆか》に座《すわ》りこんで、細いチェーンのネックレスの先できらめく小さなダイヤモンドにみとれている。すぐにピンときた。ザレウスキーさんのものだ。

カーターは吐《は》き気がした。はげしい怒《いか》りがお腹《なか》のなかからこみあげてくる。とうとうがまんできなくなって、思わずさけんでいた。「どうしてそれを盗《ぬす》んだの？　豆かくしで人をだますのだってひどいけど、ぼくたちに親切にしてくれる人の大切なものを盗《ぬす》むのはぜんぜん話がちがうよ。ザレウスキーさんがこんな目にあわなきゃならない理由はどこにもない。あの人はいい人だ。おじさんは自分さえよけりゃ、あとはどうなったってかまわないと思ってるんだ！」

スライおじさんは自分のポケットにネックレスをすべりこませると、勢《いきお》いよくせまってきて、カーターを壁《かべ》におしつけた。「おれがおまえを育て、めんどうをみて、知っていることをみんな教えてやったんだ。そのお返しがこれか、え？」くさい息から怒《いか》りがほとばしる。「ひとりでうまくやれると思うんなら、勝手にしろ。自分は善人《ぜんにん》だと今は思っているだろうが、そのうち、腹《はら》がグウッと鳴って、ひもじくてどうしようもなくなれば、ど

2

うなるかみものだ。きっと、すぐにネックレス以上のものを盗《ぬす》むようになる」

「ぼくはぜったいにそんなことはしない」カーターはどなり返すと、おじさんをおしのけ、肩《かた》かけカバンをわしづかみにして、部屋からとびだした。階段《かいだん》をおりる途中《とちゅう》で、にぎっていた手を広げてザレウスキーさんのダイヤのネックレスをたしかめる。カーターはおじさんのポケットからネックレスをぬきとっていた。おじさんがザレウスキーさんの首からぬきとったように、こっそりと。

早わざが得意《とくい》なのは、スライおじさんだけじゃないからね。

カーターがキッチンにかけこむと、ザレウスキーさんが起きていて、あわてふためいている。「ああ、カーター！　形見のダイヤモンドをなくしちまったみたいなんだ。たぶん、寝《ね》る前にどこかにやっちまったんだよ。いっしょにさがしてくれないか？」

「それなら、今、廊下《ろうか》でみつけた」カーターはウソをついた。「はい、これ」

ザレウスキーさんはほっとした顔になった。目のすみに涙《なみだ》をうかべている。「ミルクとクッキーはどうだい？」

「いいんだ」カーターはこみあげる感情《かんじょう》をこらえた。「急いでるから」

「急いでるって、どこに行くんだい？　まだ外は暗いよ」

カーターはザレウスキーさんの質問《しつもん》にはこたえなかった。「くれぐれも体に気をつけて――それと、ぼくのおじさんには用心して。手ぐせが悪いから」カーターはそでから紙の花束を出すと、親切なおばあさんにさしだした。ザレウスキーさんはびっくりしてカーターをひたすらみつめている。

そして、カーターは初めてひとりで姿《すがた》を消す芸をやってのけた。

逃《に》げだしたんだ。

✦ ✦ ✦

そんなわけで、カーターはひどい男から逃《に》げて、鉄道操車場《そうしゃじょう》にたどりつくと、新しい――願わくは、もっといい――人生にむかって歩みだした。

3

THREE

カラフルな汽車にとび乗ってから何時間もたったころ、カーターは目をさました。汽車はすでに止まっていた。カーターは大あわてで自分の持ちものをかかえた。これまでの経験《けいけん》からすると、車掌《しゃしょう》か警官《けいかん》が最後に各車両をまわって、増《ふ》えた乗客がいないかたしかめるはずだ。ここはつかまらないほうがいい。つかまって、児童養護施設《ようごしせつ》に送られることになるのはごめんだし、スライおじさんのところにまたもどるはめになったら、最悪だ。

金属《きんぞく》のドアを開け、自分がどこに連れてこられたのかをたしかめた。外は、みずみずしい緑が毛羽だったじゅうたんみたいに、近くの山なみのほうまで広がっている。太陽が地平線のむこうに沈《しず》んだばかりで、みあげると、ちらほらうかぶかすみのような雲が、きれいな赤紫色《あかむらさきいろ》にそまっていた。頭上をおおう青空はしだいに暗くなって夕暮《ゆうぐ》れにむかっている。ずいぶん長いこと眠《ねむ》っていたらしい。

そばを走る道ぞいの標識《ひょうしき》にこう書いてあった。〈ミネラルウェルズ（鉱泉《こうせん》の町）へようこそ〉

カーターはふたたびはしごをのぼると、町がみわたせる汽車の屋根の上に腰《こし》をおろした。きらめく明かりに包まれた静かな町が、線路の北と東側に広がっている。格子状《こうしじょう》にのびる通りのはるかむこうには、むきがばらばらの建物群《たてものぐん》が丘《おか》の上から町をみおろしている。その窓《まど》からもれるやわらかい明かりは、無数のホタルが発する光みたいだ。

操車場《そうしゃじょう》の近くの、砂利《じゃり》をしきつめた広い駐車場《ちゅうしゃじょう》の先に（明かりに包まれた町のすぐ西側だ）、大きなフェア会場があった。移動遊園地《カーニバル》のまばゆい明かりがちょうど点灯しはじめたところだ。にぎやかな音がとぎれとぎれに聞こえてくる——カーターの耳にも、笑い声や音楽や興奮《こうふん》したさけび声が聞こえた。

カーターが汽車からとびおりようとしたとき、赤い小型車《こがたしゃ》が砂利《じゃり》の駐車場《ちゅうしゃじょう》に入ってきた。あわてて身をかがめ、汽車の屋根の上にふせる。だれかにみつかって通報《つうほう》されるとマズい。

カーターは一瞬《いっしゅん》、みまちがいかと思った。ピエロのかっこうをした人が赤い小型車《こがたしゃ》から次々におりてきて、全部で十二人もいたからだ。大小さまざまな体格《たいかく》の男女が集まり、水玉とストライプのかたまりみたいになって、専用《せんよう》の線路に一両だけとまっている黒い車両のほうをひたすらみつめている。どのピエロも笑顔《えがお》ではなく、化粧《けしょう》をした顔をふきげんそうにしかめている。全員が袋《ふくろ》をひとつずつかかえていた。

カーターは身ぶるいした。ピエロは好きじゃない。広告《こうこく》や本でみるたびに、わざとらしい表情《ひょうじょう》がスライおじさんを思わせるから。

ピエロたちは黒い車両にむかって歩いていった。車両の側面に巨大《きょだい》な男の顔が描《えが》かれている。大きな丸顔は、今にも壁面《へきめん》からとびでて、勢《いきお》いのついた巨石《きょせき》みたいに転がっていきそうだ。しかも、ぶきみなほほえみをたたえている。いや、いじわるなニタニタ笑いといったほうがいいかもしれない。男の頭の上には、〈ボッソ〉と文字が書かれていた。

先頭のしかめ面《つら》のピエロが、車両のとびらの鍵《かぎ》を開けた。ほかのピエロたちが持っている袋《ふくろ》をなかにつみこんでいく。カーターのいる場所からは、車両のなかまではみえなかった。ピエロたちが何を運んでいるかはわからないけれど、いいものじゃない気がする。やましい気持ちをかかえている人の動作や表情《ひょうじょう》を、カーターはよく知っていた。あの人たち

3

は背中《せなか》を丸めているし、動きがぎこちない。今にもぎょっとしてとびあがりそう。「もういっぱいで、入らない！」ピエロのひとりが泣きそうな声を出した。「どうすりゃいい？」

「ボスしだいだ」べつのピエロがいった。「きっと大半をグランドオークリゾートに移《うつ》せというだろう。さあ、警官《けいかん》があらわれる前に鍵《かぎ》をかけよう」

ひょっとして、丘《おか》の上の明かりにきらめく建物《たてもの》が、ピエロたちの話しているホテルのことかな、とカーターは思った。たしかにグランドっていえるくらいりっぱな建物《たてもの》だ。

気づくと、しかめ面《つら》のピエロたちは、ふたたび信じられないほど小さい車に全員が乗りこんで、走り去っていた。何がなんだかさっぱりわからないけれど、どうでもいいやとカーターはわりきった。他人のことには首をつっこまない。それが、ホームレスで育つうちに身につけたことだ。

それより気になるのは、警官《けいかん》があらわれることのほうだ。すぐにカーターは汽車の屋根からおりると、砂利《じゃり》の駐車場《ちゅうしゃじょう》をつっきって、ひときわ明るい移動遊園地《カーニバル》の照明のほうにむかった。そこなら、人ごみにまぎれることができる。

✦
✦
✦

スライおじさんに連れられて新しい町に来るたびに、カーターもおじさんも厳格《げんかく》なルールにしたがっていた。まず、あたり一帯をくわしく調べる。次に、食べ物をみつける。三番目に、寝《ね》る場所をさがす。最後に、スライおじさんがえものをさがして、なるべく早く仕事にとりかかれるようにする。

グウゥウッとものうれつな音がお腹《なか》をふるわせたとたん、そのルールがカーターの頭から消しとんだ。ザレウスキーさんが作ってくれたチーズとラディッシュのホットサンドを食べてから何も口にしていない。はげしい空腹《くうふく》の痛《いた》みがおそってきて、カーターは急にめまいがした。弱い風に乗って、あげパンやバーベキューやハードキャンディのにおいが、砂利《じゃり》の駐車場《ちゅうしゃじょう》のむこうからただよってくる。それにつられて足どりも自然と速くなる。

体をかがめ、いざというときのためにとっておいたお金が靴《くつ》のなかにいくらあるのか、たしかめようとしたとき、カーターはぎょっとして息をのんだ。かくしておいたお金がない！　前日の記憶《きおく》が、がたつく古い映写機《えいしゃき》のフィルム画像《がぞう》みたいに、頭のなかにちらちらよみがえった。スライおじさんはぼくが逃《に》げ出すかもしれないことをみこして、先

3

にぼくのへそくりを盗《ぬす》んだんだろうか？　それとも、ぼくがザレウスキーさんのダイヤのことで頭に血がのぼっていて、枕《まくら》カバーから靴《くつ》のなかにお金をもどすのを忘《わす》れたのかな？　物心ついてから毎朝欠かさずやっているのに？　どっちにしろ、もうどうだっていい。とにかくぼくは今、いちもんなしってことだ。

笑い声と音楽とはしゃいださけび声のする場所に近づくと、たちまちカーターの感覚がマヒした。それがかえってよかった。お腹《なか》がペコペコで目がかすんでいること以外に気持ちをむけられる。

まぶしい明かりが大観覧車《だいかんらんしゃ》やメリーゴーラウンドのまわりでくるくる回っている。ステージの照明が紅白《こうはく》のテントを照らしている。若《わか》いカップルが綿《わた》あめの売店や、見世物の入口にならび、子どもたちがもっとチケットがほしいと親を呼《よ》んでいる。あちこちでゲームの音がにぎやかに鳴りひびく。ダダダダ、バンッ、カンカン、ディン、ディン、ドン！

「勝者が決まりました！」だれかがうれしそうな声を出す。ほかの数十人の声もした。

「次回、またがんばって！」

カーターが歩いていくと、頭上の巨大《きょだい》な看板《かんばん》が目に入った。

ボッソ！　操車場《そうしゃじょう》の車両に書いてあった名前だ。パズルのピースがはまりだした。小型車《こがたしゃ》に乗っていたピエロたちはたぶん、移動遊園地《カーニバル》で使ったものを車両にしまいにきたんだ。衣装《いしょう》とかカツラとか、ジャグリング（複《ふく》数《すう》のものをお手玉みたいに投げあげたり取ったりする曲芸のことだよ）のピンとか、たくさん余《あま》ったケチャップをつめたビンとか。だけど、あの車両はどうしてあんなに会場から離《はな》れたところに止まってるのかな？

いやいや、そんなことはどうだっていい。明日までのりきる一番の方法は、歩きつづけることだ。

あげ油のにおいがだんだん強くなり、どこを歩いても地面がべとべとしている。カーターのお腹《なか》がまたグウゥウッと鳴った。しょっぱいにおいと甘《あま》いにおいが空中でまざりあい、よだれが出てくる。スライおじさんのいったことが頭によみがえった——そのうち、腹《はら》がグウッと鳴って、ひもじくてどうしようもなくなれば、どうなるかみものだ。きっと、すぐにネックレス以上のものを盗《ぬす》むようになる——おじさんのいうとおりだったらどうしよう？

3

お金も食べものもなく、しだいに追いつめられた気分におそわれながら、カーターは考えた。今晩《こんばん》、どうすればおきてを破らずにいられるだろう？　得意《とくい》の早わざで遊園地のチケットを手に入れるのはかんたんだけど、盗《ぬす》みはぜったいにしないから、人をだましてただで何かをもらうのもだめだ。だけど、もし、ここで気を失ったら、だれかが警官《けいかん》を呼《よ》んでしまうかもしれない。

「よってらっしゃい、みてらっしゃい。アパラチア山道にも引けをとらない、すごいショーだよ！」余興《よきょう》の客引きが、持ち場の壇上《だんじょう》からメガフォンで声をひびかせている。棒《ぼう》きれみたいにひょろひょろした男の人なのに、巨人《きょじん》みたいな声がとどろく。

「ゲームに参加して、商品をゲットしよう！　吐《は》きそうになるまでお腹《なか》いっぱい食べて。ほら、〈カッコウのびっくりハウス〉のなかから悲鳴が聞こえるよ！〈まぼろしの鏡の迷《めい》宮《きゅう》〉に迷《まよ》いこんでみて。〈ボッソのミキサー〉に乗って思いきりふるえて。前回吐《は》いて以来のスリル満点の絶叫《ぜっきょう》マシンだ！　それから、最後の〈ボッソのグランドフィナーレ・

ショー〉をどうぞおみのがしなく！」

頭上には、ひもで連なった明かりがまたたいている。カーターのそばを、人々がさけび声や笑い声をあげながら通りすぎていく。つりズボン姿《すがた》のたくましい遊園地のスタッフが、〈力だめし〉と書かれた機械の土台に大きなハンマーをふりおろすと、弾丸《だんがん》のようなカプセルがとびあがって、鐘《かね》が鳴った。

「さあ、やってみろ！」たくましい男の人が大きなハンマーをカーターにつきつけた。「きみは一人前の男か、それとも、おくびょうなネズミか？」

「どっちでもないよ」カーターはいった。「ごめんなさい。じつはぼく、お金を持ってないんだ」はずかしくて、お腹《なか》がペコペコだなんてとてもいえない。「だけど、手伝うことはできると思うから、コーンドッグか何かを買ってくれない？」（日本ではアメリカンドッグっていわれてるよね）

たくましい男の人はとたんに顔をしかめた。かた苦しい紺《こん》の警備員《けいびいん》の服を着た男にむかってうなずく。近づいてくる警備員《けいびいん》の顔をみると、操車場《そうしゃじょう》に小型車《こがたしゃ》であらわれたしかめ面《つら》のピエロたちと同じ化粧《けしょう》をしている。ふつうのピエロより気味が悪い。

マズい。早いとこ、また姿《すがた》を消さなくちゃ！

3

「世にもぶきみな見世物小屋をのぞいていって！」サイズの合わないジャケットに、山《やま》高帽《たかぼう》をかぶった女の人が近くでさけんだ。「あごひげで重りを持ちあげる、野獣《やじゅう》も真っ青《さお》のセイウチ男には驚《おどろ》くことまちがいなし！　クモ女がおかしなクモの巣を作るのに注目して！　タトゥーベビーにはつめを食べさせてね！　ふたつ頭の女と話す苦痛《くつう》をたっぷり味わってちょうだい！」

どうやら、見世物のテントは入場無料のようだったので、カーターはさっとなかに入った。あるグループ客の後ろについて、ぼんやり明かりのともる展示室《てんじしつ》を進んだ。四角いガラスケースがならんでいる。ケースのなかは、半分がニワトリで半分がブタの生き物や、世界一長い手のつめや、割《わ》れたスイカくらい大きな球根を持つハエジゴクがあった。最後のガラスの棺《ひつぎ》には、人魚のガイコツが入っている。

ほかの客が「おおっ」とか「うわっ」と声をあげる。カーターはうんざりした顔で目をくるりと回した。ここにあるのは全部ニセモノだ。よくみれば、ニワトリとブタをつなぎあわせたぬい目がみえるし、手のつめには木目があるし、ハエジゴクは絵の具のかわいたあとがみえる。人魚の骨《ほね》の一本には値札《ねふだ》までついている。

大きなビロードのカーテンをぬけると、次の部屋につながっていた。小さく区切られたステージがいくつもつづいている。カーターは後ろをふりかえった。ピエロの顔の警備員《けいびいん》があとをついてくる気配はない。もうだいじょうぶってことかな？

カーターはふしぎな空間にしだいに心をうばわれていった。

最初のステージにいたのは、丸々と太った幼児《ようじ》で、おむつをはいて、全身タトゥーにおおわれていた。木製《もくせい》の大きなベビーサークルの真ん中に座《すわ》って、キャッキャッと笑ってはよだれをたらし、積み木と積み木をぶつけあっている。

「この子はいつ、つめを食べるんだ？」カーターのそばにいた観客が文句《もんく》をいった。すると、赤ん坊《ぼう》はその男をにらみつけ、床《ゆか》にペッとつばを吐《は》いてから、さっきよりいっそうはげしく積み木をぶつけあった。

「だれか、おむつをかえてあげたほうがいい」カーターは小声でひとりごとをいった。

次のステージは黒一色のなかに、大きな銀色のクモの巣が前方の天井《てんじょう》から背景幕《はいけいまく》のほうにはりわたされていた。クモの巣には、女の人がもたれかかっている。顔は小さくて青白く、体も信じられないほど細く、全身黒に身を包んでいる。わき腹《ばら》から二組の腕《うで》がのびているのに気づいて、カーターはびっくりして二度見した。クモ女は退屈《たいくつ》そうに、つめに消《しょう》防車《ぼうしゃ》の色みたいな赤いマニキュアをぬっている。マニキュアのビンを足の指にはさんで、

3

小さなブラシを中央の手のひとつで持っている。

カーターは自分の知っている手品を思い出しながら、じっくり観察した。よぶんな腕《うで》は黒いスパンコールをちりばめたそでに包まれているけれど、手は外に出ている。指がまったく動いていない。ニセモノだとカーターは思った。全部ニセモノだ。入場料をとっているわけじゃないから、ここの見世物は、正確《せいかく》にはカーターのおきてを破ってはいないけれど、観客に対して正直とはいえない。スライおじさんがやりそうなたぐいのことだ。

次のステージには、特大のガラスの水槽《すいそう》がおかれていた。二メートル四方はゆうにあって、カーターがこれまでにみた一番長身の男の人よりも高い。ふしぎなことに、水槽《すいそう》に水が入っていない。ガラスはひどくよごれていて、ほとんどみとおすことができなかった。ガラスに顔をおしつけた客が、悲鳴をあげたり息をのんだりしている。女の人がひとり、気を失いかけている。カーターに順番がまわってきて、ようやく理由がわかった。水槽《すいそう》のなかに頭がふたつある女が座《すわ》って、静かに本を読んでいる。ゆがんだ光景が、女をよけいに恐《おそ》ろしくみせていた。

カーターはつばでそでをぬらすと、ガラスのよごれを三センチほどぬぐってよくみえるようにした。そうか、だからこんなにもガラスがきたないんだ。カーターはひとりで納得《なっとく》した。この見世物はどうしたって観客の視界《しかい》をぼやけさせないとだめなんだ。ガラスのなかをのぞくと、首のひとつは体と自然につながっているものの、もうひとつはみるからにぐらぐらしている。顔もひとつは動いて、まばたきもするけれど、もうひとつは表情《ひょうじょう》がなく、ひたすら前をみつめている。マネキンの頭がほんものの人間にくっついているだけだ。やっぱりこれもニセモノだ。カーターは心のどこかでほっとし、べつのどこかでがっかりしていた。

そして、それ以外のところが、空腹《くうふく》でまたグウゥッと鳴った。

カーターは真っ赤《か》になった。きょろきょろして、ほかの客にお腹《なか》の音を聞かれなかったかたしかめる。相変わらず警備員《けいびいん》の気配はない。そこで、最後の四番目のステージに移動《いどう》した。ステージがゆがんでいる。重いものがおかれているせいだ——ディーゼルエンジン、かなとこ、冷蔵庫《れいぞうこ》、アップライトピアノがある。ステージの中央では、胸毛《むなげ》のこい大男が力こぶを作っていた。ロープみたいなカイゼルひげが胸《むね》の下のほうまでたれている。この人がセイウチ男か。男は両はしに砲丸《ほうがん》のようなものをつけたバーベルの前にしゃがんだ。砲丸《ほうがん》にはそれぞれ五百ポンド（約二百三十キロ）と書いてある。ひげの先っぽが重いバーベルにつながれた。

3

男はライオンみたいな荒々《あらあら》しい吠《ほ》え声をあげて、必死に立ちあがった。バーベルが腰《こし》のあたりでゆれている。下に引っぱる力がひげにかかり、男の顔がひどくゆがんで、悪霊《あくりょう》みたいなしかめ面《つら》になる。鼻の穴《あな》が大きくふくらむ。カーターは思わずふきだした。男はバーベルを下におくと、カーターを射《い》ぬくような暗い目でみつめた。

カーターは見世物小屋の外にむかい、夜風のなかにもどった。ほかの人たちは歩きながら、今、みてきたものをふしぎがったり、こわがったり、ひどく驚《おどろ》いた顔をしたりしている。カーターはうす笑いをうかべて心のなかでいった。みんな、みたものをそっくり信じちゃだめだって。それが何よりも大切なマジックのルールだ。

カーターはそれを知っていた。

ところで、きみは知ってる？　ここで、ちょっとレッスン。マジシャンは観客にひとつのものをみせているあいだ（右手で持っているかもしれない）、たいてい、観客に気づかれずにほかのことをしている（たぶん左手で）。これはミスディレクションといって、観客の注意をほかにそらすテクニックのこと。カーターがスライおじさんから最初に学んだことのひとつだ。

ＢＢボッソのつまらない見世物小屋は、やっぱりほんものの魔法《マジック》なんてどこにもないんだと、あらためてカーターに確信《かくしん》させただけだった。

ところが、まさにそのとき、カーターにも説明できない、ほんとうに魔法《まほう》みたいなことが起こった。カーターの人生がすっかり変わってしまうほどすごいことが。

ダンテ・ヴァーノン氏に出会ったんだ。

4

FOUR

きみは、ある光景に心をうばわれ、そこから目をはなせなくなった経験《けいけん》はあるかい？　たとえば日没《にちぼつ》の、空いっぱいに色がちらばって、ちょうど月が地平線から顔をみせる瞬間《しゅんかん》。たとえば、どこかの大自然のなかで、希少動物がこわがりもせずに近づいてきて、きみがなかよくしてくれるかたしかめようとしたとき。たとえば、一度に五つのちがう楽器を演奏《えんそう》できる音楽家を目の前にしたとき。カーターにとって、人でにぎわう遊園地のなかで、ヴァーノン氏に会ったのは、それくらいすごいことだった。

その人は黒と白のスーツを着て、そでをひじのあたりまでまくっていた。肩《かた》からたれるマントは、外側が黒く、内側は光沢《こうたく》のある赤だ。頭にはシルクハットをかぶり、その下からのぞく雲みたいな白い巻《ま》き毛と、真っ黒な口ひげとのコントラストが目を引いた。けれど、カーターの目にとまったのは、服装《ふくそう》だけじゃなかった。その見知らぬ人がコインでやっていたことに注意をひきつけられたんだ。

二十五セント硬貨《こうか》がその人の指の上を回転しながら行ったり来たりしていた。しかも、手のはしにたどりつくたびに、コインが手の片側《かたがわ》から消え、同時に反対側からあらわれる。カーターの頭のなかの歯車が回りだし、年配の男の人がそのわざをどうこなしているのかを解《と》こうとした。けれど、わからない。一瞬《いっしゅん》、目のさっかくかな、とカーターは考えた。お腹《なか》がすいているせいで、よくみえないんだろうか？

「あの、どうやるんですか？」ついにカーターはたずねた。

「もちろん、魔法《まほう》さ」男の人はいった。

カーターは首をふった。「そんなもの、ありません」決めつけるようないい方になったのを自覚しながらも、心のなかでは生まれて初めて、確信《かくしん》がゆらいだ。この人には何か特別なものがある。カーターは目をそらすことができなかった。

「わたしはそうは思わない」男の人はいった。「魔法《まほう》はまわりのいたるところにある。と

4

にかく注意をむけることだ」

「まあ、そうかもしれないけど」カーターは鼻で笑った。「この遊園地についてなら、全部ニセモノだっていいきれます。そこの見世物小屋がそうだし、あちこちでやってるゲームもニセモノです」もう立ち去ったほうがいいとカーターはわかっていた――早く食べものをみつけて、寝《ね》る場所をさがさないと……。それなのに、体のなかの何かが両足を地面におしつけて動けないようにしている。それは、去っていく汽車の上から、スライおじさんの姿《すがた》がみえなくなるまでみつめていたときの感情《かんじょう》に似《に》ていた――この出会いも運命のように感じる。

きみは運命みたいなものを感じたことってある？　それこそ、魔法《まほう》みたいなふしぎな感覚だ。一生のうちにそれを味わえる人もいれば、味わえない人もいる。

男の人が驚《おどろ》いた顔をした。「それはおもしろい。ぜひ、教えてくれ」

「あそこでやってるゲームがみえますか？　ブリキの牛乳《ぎゅうにゅう》びんを野球のボールで当てるやつ」カーターは指をさした。「ぼくの推測《すいそく》だと、あれはインチキです。きっと目立たないワイヤーか何かで牛乳《ぎゅうにゅう》びんを固定していて、ボールが直撃《ちょくげき》してもたおれない」

「さっき、だれかがたおしたのをみかけたがね」男の人が指摘《してき》した。

「たまにそうする必要があるからです」カーターは説明した。「だれもたおせなかったら、そのうち気づかれます。だけど、三十分かそこらに一人ずつ成功させれば、だれもほかの全員がたおせないことには気づかない」

「よくみているね」男の人は感心している。「ただ、どうやらきみは遊園地を楽しんでいないようだ」

「ここに来たのは楽しむためじゃないから」カーターはいった。ここに来たのは姿《すがた》を消すためだ。「だけど、あなたのコインの手品が目にとまって」カーターは男の人の指をまじまじとみた。「コインが二枚《まい》あるんですか？」

「ほんというと、そうなんだ。いや、まいったね」白い巻《ま》き毛の男の人が片手《かたて》をさしだした。「わたしはヴァーノンだ」

カーターがその手をにぎると、急にゆるんで、地面に落ちた。カーターは後ろにとびのいた。丸々二秒かかって、実物そっくりのプラスチックでできた手だと気づくと、こらえきれずに大笑いした。そこで、自分の笑い声に驚《おどろ》いて、あわてて態度《たいど》をあらためた。「まいりました。ところで、何を売ってるんですか？」

「売る？」ヴァーノン氏はとまどっている。

「ただの楽しみで手品をする人なんていません。だから、ここにサギをはたらきに来たか、何かを売りに来たかの、どっちかだと」

「わたしがここに来たのはそのどちらでもない。ほんとうだ。それにしても、きみは若《わか》いのに、ずいぶん悲観的なものの見方をするね」ヴァーノン氏はいった。「さしつかえなければだが、きみの子どもらしい天真爛漫《てんしんらんまん》さはどこへ行ってしまったんだい、ええと……」

「カーターといいます。あの、今、いわれたこと、ぜんぜんわからなかったんですけど」

「ああ、天真爛漫《てんしんらんまん》か。つまり、むじゃきなきみはどうなったのかとたずねたんだ。大半の人は多少なりともそうしたものを持って生まれてくる」

「ぼくはいろいろ経験《けいけん》してるので……。あの、引きとめてすみませんでした。もうお仕事のじゃまはしません。何をされているのか、わかりませんけど……」

シルクハット姿《すがた》の紳士《しんし》とさよならするのは心が痛《いた》むけれど、カーターはそうしなくてはだめだとわかっていた。少し離《はな》れた場所で悲鳴があがった。乗り物に乗っている客がちょっぴり興奮《こうふん》しすぎたようだ。その声にカーターの背筋《せすじ》がぞくっとした。「ぼく、もう行かなきゃ」

ヴァーノン氏は急いでいった。「カーター、会えてよかった。行く前に教えてほしい。

4

きみはどこから遊びに来たんだい？」

「ぼくがここの住人じゃないってなぜわかるんですか？」

ヴァーノン氏の明るい笑顔《えがお》が一瞬《いっしゅん》ゆらいだ。「なるほど、するどい質問《しつもん》だ。ここみたいな小さい町では、みんなが顔見知りだ。きみもこの町に住んでいればわかる」そういって申《もう》し訳《わけ》なさそうに肩《かた》をすくめる。マントの内側のつやつやの赤がちらっとみえた。「おたがいマジックが好きなことを考えれば、きみがここの住人なら、きっと知りあいになる」

「今、いわれたマジックって、手品のこと、ですよね？」カーターはたずねた。

「言葉どおりの意味だし、わたしはまじめにいっている」ヴァーノン氏はほほえんでいる。

「きみにはいつでもひろうできる手品がいくつかあると思っていいかな？」

「あります」カーターはこたえると、手のひらを下にむけて両腕《りょううで》を前に出した。両手のひらを上にむけ、何もないことをみせてから、また下にむける。もう一度上にむけると、今度はカーターの手のなかにヴァーノン氏の懐中《かいちゅう》時計があった。

「おみごと！」ヴァーノン氏はいった。「きみは器用だな」

「よくいわれます」

「もちろん、わたしも負けていない」ヴァーノン氏がマントを払《はら》いのけると、カーターの肩《かた》かけカバンがあらわれた。カバンがカーターに返される。

カーターは一瞬《いっしゅん》カッとなり、肩《かた》かけカバンを外から手でさわって、木の小箱がちゃんとあるかたしかめた。だいじょうぶ、ある。

「いったい、どうやったんですか？　カバンを首から下げてたのに、ぜんぜん気づかな――」カーターは驚《おどろ》いた顔で首をふった。「もしかして、どろぼう？」

「ちがう」ヴァーノン氏はいった。「きみはそうなのか？」

「ぼくはぜったいに盗《ぬす》みはしません」カーターは声をとがらせた。

「だったら、わたしたちは同じだ。どうやらきみの人生はつらいスタートだったようだな」

「あなたには関係ないことです」カーターは鼻で笑いながらいった。

「いや、まったくそのとおりだ。悪かった」ヴァーノン氏は軽く頭を下げた。頭をあげたとき、ひどくまじめな顔をしていた。「カーター、少しだけアドバイスさせてくれ。この場所は輝《かがや》いていても」そういって、両手を広げて遊園地全体を示《しめ》した。「ひじょうにたちの悪い連中が動いている。もし、やつらがきみの才能《さいのう》を知ったら、きっと利用しようとするし、きみを自分たちと同じ考え方にしようとするだろう。それに負けてはいけない。じゃあ、どうするか？　自分の直感を信じるんだ。直感はきみがまだ経験《けいけん》したことのな

4

いやり方で、進むべきほうへ導《みちび》いてくれる。ただ、保証《ほしょう》するよ。きみは自分で思っているよりそっちに近づいている」

ヴァーノン氏はちょっとだまってから、あたたかい笑顔《えがお》をみせた。「だが、決めるのはきみだ。どうすべきかわたしがいうのはよそう。どのみち、きみにとってわたしは、ほかのミネラルウェルズの人たちと変わらない」そこでフンと鼻を鳴らして悲しそうにつけ足した。「つまり、何も知らない相手なわけだから」ヴァーノン氏は手元にトランプをひと組出した。「そろそろ失礼するよ。だが、別れる前に、よければトランプの手品をしよう」

カーターはいやとはいえなかった。「一枚《まい》取ってくれ。どれでも好きなのを」

ヴァーノン氏の手からトランプがとびだし、機関銃《きかんじゅう》の弾《たま》みたいにカーターのほうへ飛んできた。カーターは両手で打ちはらいながら、トランプの連射攻撃《れんしゃこうげき》から身を守ろうとした。最後の一枚《まい》が地面にハラリと落ちたとき、気づくと一枚《まい》のトランプをつかんでいた。

スペードのエースだ。カードの真ん中に大きなVの文字が入っている。

「あの、これは？」

だが、なぞの紳士《しんし》ヴァーノン氏はもうどこにもいなかった。

5

FIVE

ヴァーノン氏は姿《すがた》を消してしまった。カーターは相変わらずひどい空腹《くうふく》で、このままだと自分もすぐに消えてなくなりそうだと心配になった。今度こそ、永遠《えいえん》に消えるかもしれない。遊園地のすみの、木のフェンスにもたれて、お腹《なか》がグウグウ鳴るのにたえながら、ほかのことを考えた。

さっき出会ったヴァーノンという風変わりな紳士《しんし》について、あれこれ疑問《ぎもん》がうかんでくる。どうやってトランプの吹雪《ふぶき》といっしょに姿《すがた》を消したかなんてことは、もうどうでもいい。とにかくあの白い巻《ま》き毛の男の人は何をとってもスライおじさんとは正反対だった。笑顔《えがお》はほんものだったし、手品をやってみせたのは、ただ相手となかよくなりたいからだ。それに、ちょっと遠まわしなアドバイスのしかたも、数分しゃべっただけのぼくのことを思ってくれているように感じる。スライおじさんなら一生かかっても、そこまでの気づかいはみせてくれない。

カーターはヴァーノン氏からもらったエースのカードを手のなかで何度もひっくり返しながら、もう一度会える方法はないだろうかと考えた。それから、ようやくカードをそでのなかにすべりこませて大事にしまった。カーターは手品で使うために、そでの内側に四角《しかく》い、かくしポケットをぬいつけてあったんだ。これは重宝《ちょうほう》しそうだよね。ちょうほう（長方）形だけに——なんてね。

移動遊園地《カーニバル》の中央にある巨大《きょだい》な紅白《こうはく》のテントのなかで〈ボッソのグランドフィナーレ・ショー〉がトランペットのファンファーレでようやく幕《まく》を閉《と》じた。空はすっかり暗くなっている。夜空にまたたく星が、地上できらめく小さい町を鏡に映《うつ》したみたいだ。テントから出てきた人はみんな笑顔《えがお》で、声をあげて笑ったり、今、みてきたショーのすごさをいいあったりしている。カーターはかつてないほどさみしさを感じた。これまでずっと、スライおじさんから逃《に》げ出すときをひたすら待っていたけれど、こんなに不安を感じるとは思ってもみなかった。大テントから出てくる人たちはみんな、家族や大切な人といっしょにいる。出口を通りぬけると、人の群れが自然と分かれて、友だちや家族の小さな集団《しゅうだん》になり、それぞれの家に帰っていく。

カーターは、寝《ね》しずまった町のなかを、きらめく明かりのひとつにむかって歩く自分の姿《すがた》を想像《そうぞう》した。そこまで行けば、ぼくにも心地《ここち》いいベッドや、暖炉《だんろ》の火があり、何よりも、おやすみをいってくれる人がいる……。目がかぁっと熱くなった。そんなことは何ひとつぼくの身に起こるわけがない。それより、のこぎりで体をまっぷたつに切られて、魔法《まほう》みたいにまた元どおりにされる可能性《かのうせい》のほうがはるかに高そうだ。

帰っていく人はだれも、木のフェンスにぽつんと座《すわ》っているカーターに気づかない。お腹《なか》がまたグルルルゥと長い音をとどろかせた。ある家族が食べ残しをゴミ箱に投げ捨《す》てるのをみて、さらに大きな音がお腹《なか》からひびいた。カーターはゴミ箱をあさるのは好きではないけれど、やったことがないわけじゃない。ただでもらえる食べものって、たいてい素《す》通《どお》りできないよね。

何にかんしてもそうだけど、ゴミ箱をあさるのにもコツがある。ゴミ箱の側面にふれているものには手をのばさない。ハエがたかっているものも食べない。だけど、もし、食べずに残されていたり、包みにくるまっていたりすれば——大当たり！　どうぞめしあがれ！

ただし、カーターのようにどうしようもなく困《こま》っている状況《じょうきょう》でなければ、それもあまりいい考えとはいえない。

カーターはドラム缶《かん》のゴミ入れのなかをのぞいて、中身が半分残ったポップコーンの袋《ふくろ》と、Bの形のプレッツェルと、アルミホイルに包まれてまだ温かい、まったく手のつけられていないコーンドッグを取り出した。さらにみると、密封《みっぷう》した袋《ふくろ》のなかに半分残った棒《ぼう》つきの綿《わた》あめが入っている。やった、大当たりだ！　今日の夕食と明日の朝食になる。

カーターはプレッツェルを自分のカバンにしまうと、大テントの裏《うら》に座《すわ》って、コーンドッグとポップコーンを夢中《むちゅう》で食べた。指についた綿《わた》あめのかけらをなめているとき、背《はい》後《ご》からふたつの大きな手につかまれた。

「つかまえたぞ！」野太い声がした。

「はなせ！」カーターはさけびながら、つかまれた手から必死にのがれようとした。見世物小屋の長い口ひげをたらした怪力《かいりき》のセイウチ男だ。とにかく強くて、とてものがれられない。もしかしたら、さっきのバーベルはほんとうに五百ポンドの重さがあったのかも。

セイウチ男はカーターを肩《かた》にひょいとかつぐと、遊園地のすみのほうへ歩いていく。

「はなせってば！」カーターは大声でいった。

「だまってろ」セイウチ男は声をあらげた。あれだけのわざを身につけているカーターでも、脱出《だっしゅつ》の名人ではないから、怪力男《かいりきおとこ》の強い握力《あくりょく》からはのがれられない。カーターは目をぐるぐる動かしながら、大声で助けを呼《よ》んだが、むだだった。遊園地はすでに人気がなく、カーターの声がとどく範囲《はんい》にはもうだれもいない。

大きなテントの裏側《うらがわ》の、一列にならんだ照明から離《はな》れたところに、黒と金色のストライプのトレーラーハウスがぽつんと立っていた。操車場《そうしゃじょう》に止まっていたサーカス列車の一両を運んできたらしい。セイウチ男は、まだ逃《に》げようともがいて背中《せなか》をなぐってくるカーターをかかえて階段《かいだん》をのぼると、ドアをノックしていった。「バズーリー、バズーリー」

鍵《かぎ》がはずされ、しかめ面《つら》のピエロが金属《きんぞく》のドアを勢《いきお》いよく開けた。

疑問《ぎもん》に思うかもしれないからいっておくね。バズーリーって言葉に意味はない。だけど、意味のない言葉でも、秘密《ひみつ》の場所のとびらを開ける合言葉《あいことば》として使えることもある。きみも自分だけの言葉を作ってみて。できるだけナンセンスなのがいい。だれかにぐうぜん当てられることがないようにね。だく点（「バ」とか「ギョ」とか「ズゴン」とか）や、半だく点（「プ」とか「ピョ」とか）をどれだけ入れられるかな。

5

セイウチ男が自分の足の上にカーターを投げおろした。カーターはあっけにとられ、口をぽかんと開けている。トレーラーハウスのなかは宮殿《きゅうでん》みたいだった。天井《てんじょう》からクリスタルガラスのシャンデリアが下がっている。ピカピカのオーク材の壁《かべ》には、金色のランプが飾《かざ》られ、ペルシャじゅうたんが床《ゆか》をおおっている。赤いトルコ帽《ぼう》をかぶった金色の毛の小ザルが、棚《たな》の上に座《すわ》って、パイプオルガンの演奏曲《えんそうきょく》が流れる小さなオルゴールのハンドルをくるくる回していた。

クモ女が壁《かべ》ぎわにおかれたエビ茶色のソファにしなだれかかっている。この部屋の照明の下だと、左右のよぶんな腕《うで》に、ほとんどみえないワイヤーがついていて、女のほんものの腕《うで》につながっているのがカーターにもみえた。クモ女は黒く細長いタバコ用パイプを赤いくちびるに持っていくと、ひとすじの煙《けむり》をフーッと吐《は》きだした。

その近くにタトゥーベビーもいた。ベビーサークルのなかではなく、机《つくえ》の前に座《すわ》っている。机《つくえ》には、はかりと計算機と、財布《さいふ》や腕時計《うでどけい》や宝石《ほうせき》を集めた山がひとつあった。アルファベットが書かれた積み木はどこにもない。タトゥーベビーは品物を一つひとつじっくり調べては、台帳にすばやく書きこみ、大きな袋《ふくろ》に入れている。どの袋《ふくろ》にもジッパーと南京錠《なんきんじょう》がついていて、保管《ほかん》は万全《ばんぜん》だ。カーターは気づいた。この人、赤ん坊《ぼう》でもなんでもない。とても小柄《こがら》な男の人というだけだ。実際《じっさい》におとなの仕事をこなしてる！

カーターは男からなかなか目をはなせなかった。

一段《だん》高くなった場所に、かなり体の大きい男が、深紅《しんく》の理髪用《りはつよう》のいすに背中《せなか》をあずけている。顔は白い蒸《む》しタオルでかくれていたけれど、左手の小指にあざやかな緑のエメラルドの指輪がきらめき、カーターはまぶしさに目がくらんだ。

その男のわきにおかれた腰《こし》かけの上に、背《せ》の低いしかめ面《つら》のピエロが立って、折りたたみのカミソリで慎重《しんちょう》に男の首のひげをそっている。ピエロが鼻歌まじりに口ずさむ「オーマイダーリン、オーマイダーリン」を聞いて、カーターは背筋《せすじ》がぞっとした（これは『いとしのクレメンタイン』という曲で、川でおぼれ死んだ恋人《こいびと》のことを歌っているんだ。日本では『雪山讃歌《さんか》』という題名らしいけど、知ってるかな？）。

セイウチ男に指示《しじ》されてカーターが部屋の真ん中に進むと、警備《けいび》のピエロもついてきた。怪力《かいりき》のセイウチ男はカーターの首元を片手《かたて》でつかんで、その場を動けないようにしている。だれも口をひらかない。

壇上《だんじょう》にいる背《せ》の低いピエロが、あおむけの男の顔にわずかに残るシェービングローションをタオルできれいにふきとると、腰《こし》かけからぴょんととびおり、いきんだ声を出して、

5

いすのわきのレバーを引いた。いすの背《せ》もたれがゆっくり起きあがる。カーターは頭のはげた、ゆがんだ笑顔《えがお》の男とむきあった。ボウリングのボールくらい大きい鼻の穴《あな》が、カーターのにおいをかぐようにピクピクしている。男は巨漢《きょかん》で、縦《たて》も横も大きく、いるだけでひどく目立つ。ふたつの緑の目がカーターを射《い》ぬくようにまっすぐにみつめてくる。まるで、おまえの心が読めるぞといわんばかりだ。

カーターは線路に止まっていた車両の絵をみていたから、男がだれなのかわかった。この人がBBボッソにちがいない。

「何の用だ、ウォーラス？」移動遊園地《カーニバル》の経営者《けいえいしゃ》が大声でいった。「その子は？」

セイウチ男がそばにいる警備《けいび》のピエロをあごでさした。「そこにいる警備員《けいびいん》にこの子をつかまえてくれといわれた。ゴミをあさっていたんだ」

「そんなことしてない！」カーターはウソをついた。

ボッソが指を鳴らすと、指先から葉巻《はまき》があらわれた。その横でエメラルドの指輪がきらめく。ボッソが葉巻《はまき》の先をふかすと、自然に火がついた。身を乗り出したボッソの大きなお腹《なか》が風船のようにふくらんだかと思うと、煙《けむり》のかたまりが吐《は》き出されて、カーターの顔にかかった。

「おまえはどろぼうか？」

「ちがう！　ぼくはぜったいに盗《ぬす》みはしない」カーターは声をはりあげた。恐怖《きょうふ》をおしやり、勇気を出した。「ゴミ箱のなかにコーンドッグとポップコーンがあったんだ。だれかが捨《す》てたものだ。だからなんだっていうんだよ？」

「わたしのものを盗《ぬす》もうとしたってことだ」ボッソはいった。

「ゴミはだれのものでもないじゃないか」カーターはいった。

「わたしの移動遊園地《カーニバル》のなかにあるなら、わたしのものだ！」ボッソはどなりながら、いすのひじかけをこぶしでたたいた。サルもオルゴールのハンドルを回すのをやめて、カーターを威嚇《いかく》する。

「その子のポケットを調べろ」ボッソがいう。「カバンもだ」

カーターは抵抗《ていこう》しようとしたものの、セイウチ男の手におさえられ、動くことができない。しかめ面《つら》のピエロが持ちものをさぐってきた。「ポケットには何も入っていません。カバンのなかはガラクタばかりです。おっ、あと、この子が盗《ぬす》んだゴミがあります」

「どろぼうじゃないだと？」ボッソはいった。「なら、教えてくれ。おまえはわたしのもてなしに感謝《かんしゃ》したか？　ショーも無料、食べものも無料……ひょっとして、この指輪も

5

わたしの指からはずれてほしいと思っているんじゃないか？」

ボッソはカーターの目の前であざやかな色のエメラルドの指輪をみせびらかした。カーターは何もいわなかった。胃《い》がしめつけられる感じがどんどん強くなる。

「もうはなしてよ。ぼく、家に帰らないと」カーターはウソをついた。「きっと今ごろ、両親がぼくをさがしてる」

「両親？」ボッソが声をあげて笑った。「いいか、わたしは路上生活をしているやつはみればわかる。もし、おまえの両親が外にいるなら、わたしはペチュニアおばさんだと名乗ろう」

クモ女もタトゥーベビーもセイウチ男も、ピエロまでもがいっせいに笑い声をあげた。部屋にいる全員が笑っている。カーターだけは笑わなかった。

ボッソは警備《けいび》のピエロを指さした。「スパイク、なんだってこの子をここに連れてきた？ただ、わたしをおもしろがらせるためってわけじゃないだろう」

ピエロが急に元気づいた。「じつはこいつが操車場《そうしゃじょう》からおりてきたときからずっと目をつけていたんだが、いきなり姿《すがた》を消すんだ。みえたと思ったら、そのたびにまたすっと消える。こいつには才能《さいのう》がある……おれたちの役に立つ才能《さいのう》が」

ボッソの目が大きく開き、ひとしきりカーターをみつめた。まるで、つまずいた石がほんとうはとても貴重《きちょう》な宝石《ほうせき》かもしれない、とでもいうみたいに。「なあ、きみ」ボッソの声の調子ががらりと変わった。あたたかくなめらかで、ほしいものがあるときのスライおじさんの声にそっくりだ。「わたしはきみのような人間をたくさん知っている。家族も友だちもいない。行く当てもない。自分ははみだし者なんじゃないかと感じているやつだ。そういう人間にわたしがどうするかというと、仕事をあたえる。目標をあたえるんだ。すると、みんなよろこんでわたしのために働く」

カーターは部屋のなかをさっとみまわした。見世物小屋にいた役者たちがうなずいている。しかめ面《つら》の警護《けいご》のピエロもほほえんでいた。部屋にいるだれもが、どこかスライおじさんを思わせる。

ボッソはつづけた。「きみはもうひとりぼっちじゃない。わたしのところで働きなさい。家族ができるし、世界中を旅できるし、歩合給《ぶあいきゅう》だってもらえる。うちの仲間に加わるだけでいいんだ——だが、もちろん、わたしに逆《さか》らえば、走っている列車の前にきみを投げこむ」そこで、けたたましい声をあげて笑った。これまでで一番おかしな冗談《じょうだん》を思いついたというみたいに。「どうだ？」

カーターは心がかきみだされていた。ちょっと前まで、たまらなくお腹《なか》がへっていて、自分で決めたおきてを破ろうかと本気で考えそうになった。住む場所があるというのは――たとえ旅まわりであっても――やっぱり今までとは比《くら》べものにならない。たしかにボッソはぶあいそうで、いばってはいるけど、申し出のほうはお金も手に入る堅実《けんじつ》な選択《せんたく》肢《し》のように思える。

「おい、いっしょにやろうぜ。さっきは力まかせにつかんで悪かった。はい、っていえよ。そう悪くない人生だぞ」セイウチ男がそういってほほえむ。口からのぞく歯は半分なかった。

クモ女はもう一本タバコに火をつけると、満足そうな声でつぶやいた。「あたしたちなら、あんたがずっと夢《ゆめ》みていた家族になれるわ……」

カーターは緊張《きんちょう》すると、よくそでをいじる。手が自然とそでのほうにのびたとき、スペードのエースのカードにふれた。とたんにヴァーノン氏のいましめを思い出した。スライおじさんの代わりに、さらに多くのサギ師《し》といっしょに暮《く》らすなんてごめんだ。すぐにここからぬけ出さなければ。

「悪くない話ですね」カーターはまたウソをついた。それだけじゃなく、ほほえみをうかべてまゆを上下させ、できるだけスライおじさんのまねをした。「ちょっと考えてもいいですか？」

「もちろんだとも」ボッソはにっこり笑っていった。「だが、あまり時間をかけるな。わたしたちがここにいるのはあとふた晩《ばん》だけだ。丘《おか》の上のグランドオークリゾートに泊《と》まっている。それ以外は、わたしはここにいる。ドアはいつでも開いている。ただし、鍵《かぎ》がかかっていたら、じゃまはするな。では、近々会おう……友よ」

ボッソのゆがんだ口のはしが持ちあがり、カーターがこれまでみたなかで一番恐《おそ》ろしく、一番わざとらしい笑顔《えがお》になった。

セイウチ男がドアを開けた。まだあいそ笑いをうかべているボッソにみおくられながら、カーターはわざとゆっくり歩いて外の気持ちのいい夜風のなかに出た。せいいっぱい落ちついて平気なふりをしたけれど、ほんとうはぜんぜんちがった。心のなかでは恐怖《きょうふ》の波がおしよせていた。トレーラーハウスのドアが閉《し》まったとたん、カーターは全力でかけだし、できるだけ遠くへ離《はな》れてから、胃《い》のなかのものを吐《は》いた。

HOW TO...

コインロール（指関節の上でコインを転がす）をやってみよう

やあ、こんにちは！　じゃまをしてほんとに申しわけない。たぶん、カーターのお話のつづきを期待してたよね。それは、このちょこっと登場のマジック講座《こうざ》のあと、すぐに再開《さいかい》するよ。ここをとばして先に進みたければ、それでもかまわない（気を悪くしたりはしない）……けど……ちょっと立ちどまって、マジックをひとつおぼえて、きみの家族や友だちやペット（そう、動物もマジックが好きなんだ）を感心させるって手もある。

もしかしたらきみは、この本に紹介《しょうかい》されている手品《マジックトリック》をおぼえるなんて無理って思っているかもしれない。でも、それはちがう。マジックをおぼえるのはトリックじゃなくて、スキル――つまり、練習を重ねてわざをみがくことなんだ。自転車に乗ったり、ピアノをひいたりするのに似《に》ている。おぼえるのはそうむずかしくはないけれど、大部分を上手にこなせるようになるには、一に練習、二に練習、そしてまた練習が大事なんだ。

つまり、いっしょうけんめい練習すれば、コインのわざにかんしては、きみもヴァーノン氏に負けないくらい上手になれるってこと。まずは基本《きほん》から行こう。お父さんかお母さんに硬貨《こうか》を借りられるかな？

用意するもの

＊きみの指と手

＊大きめの硬貨《こうか》（五百円玉から始めてみよう）

役立つヒント（指の順番）

親指《おやゆび》　1
人さし指　2
中指　3
くすり指　4
小指　5

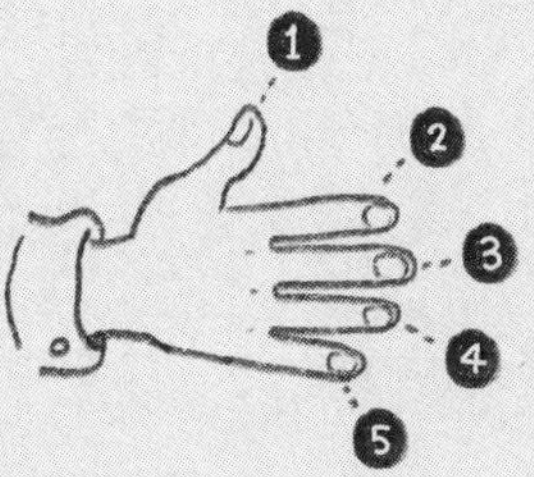

手順

❶ 手の平《ひら》を下にして、手を前に出す。

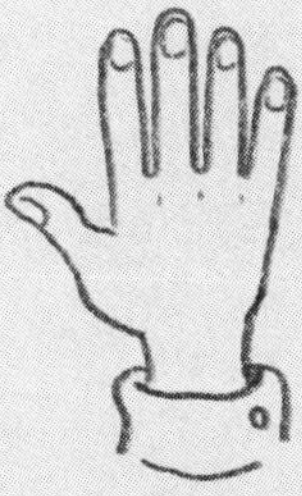

❷ コインを一枚《まい》とって、中指の第二関節の先のほうに乗せる。

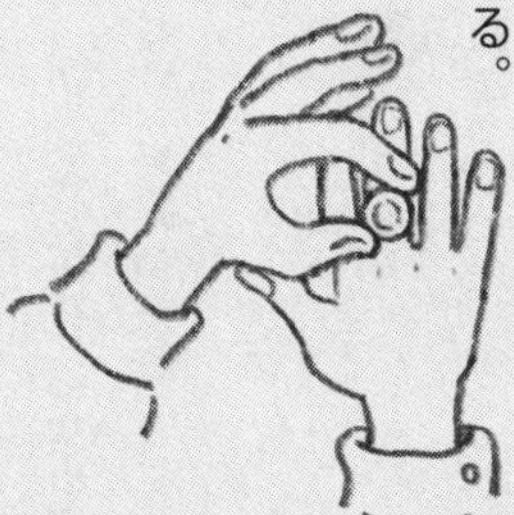

❸ 人さし指をコインより高く持ちあげる。（いっしょに中指を下げるとやりやすくなるよ！）

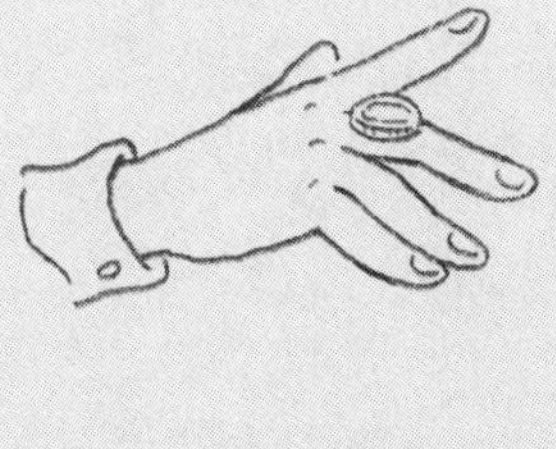

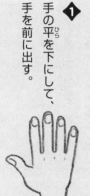

❹
ここがちょっとやっかいだよ
――今の二本の指を逆《ぎゃく》の方向にゆっくり動かす。
中指を上に、人さし指を下に。
このとき、人さし指でコインの端《はし》をとらえてひっくり返しながら、中指から人さし指に移《うつ》す。

やった！　できたね！
もし、まだできなくてもだいじょうぶ。
失敗も上達への一歩だ。もういちど挑戦《ちょうせん》して。
なかなか手ごわいよ！

❺
今度は、この基本《きほん》を何度も何度も何度もくりかえす。このわざをこなせるようになって、速くてもゆっくりでも動かせるようになったら、コインを人さし指から中指へ、くすり指へと移動《いどう》させてみて。

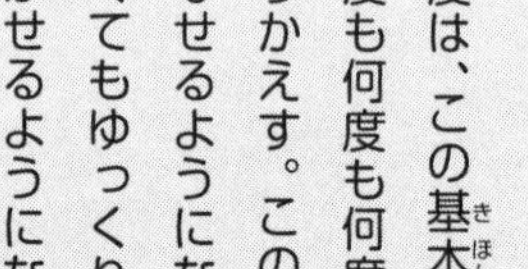

❻
わかったかな？
今度は、小指も参加させよう。

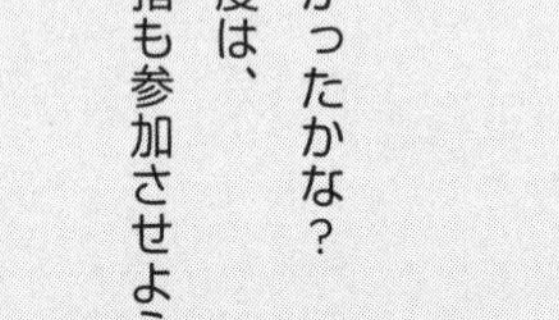

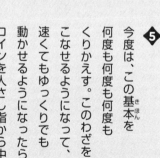

❼ むずかしいでしょ？
だけど、あきらめないで。
マジシャンは
みんな知っている。
継続《けいぞく》は力なりだよ。

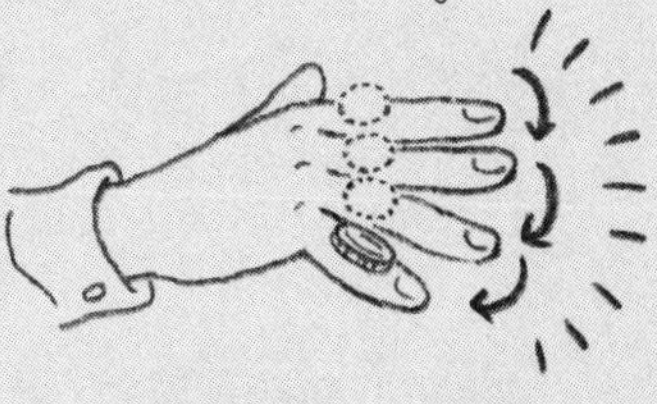

忘《わす》れないで——とにかく一に練習、二に練習。三、四がなくて五に練習。（さらに練習。そのあと、もうちょっと練習。それから昼《ひる》寝《ね》をして、起きて、おやつを食べて、また練習。それだけがんばれば成果があがるって、もちろんぼくは知っている……かつてはぼくもきみと同じ初心者だったからね！）

上級編《へん》

❶ もう少し挑戦《ちょうせん》してみたい？
それなら、これをやってみて。
親指を手の平の下にもぐらせて、
くすり指と小指のあいだから
コインをつかむ。

❷
そしたら、コインを人さし指に
もどして、またスタート！

これをみっちり練習して、かなりうまくなれば、コインが消えるようにみせて、またスタートの位置に毎回登場させられるよ。ほら、できた！

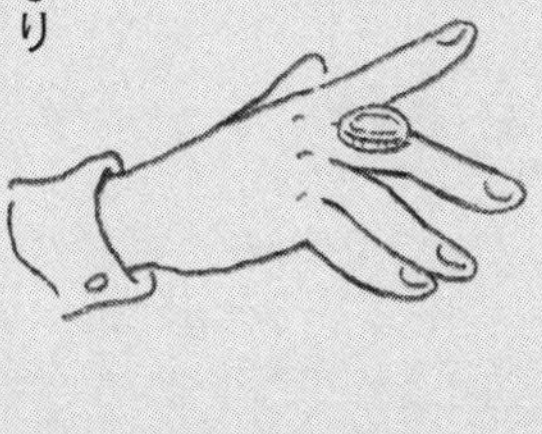

6

SIX

翌《よく》朝《あさ》、カーターは町役場の前のベンチで目をさました。ひと晩《ばん》そこで眠《ねむ》ったんだ。気づくと、だれかがごわごわの古い毛布《もうふ》を体にかけてくれていた。カーターはななめがけしていたカバンを手さぐりでさがした。まだある。ふう、よかった。

まわりに目をむけると、通りのむかいに公園があった。だれかに見張《みは》られていないかたしかめる。生き生きした緑の草が左右に何ブロックもつづいている。芝生《しばふ》の真ん中に、りっぱな白いあずまやがあった。公園をとりまく通りには、おもむきのあるカラフルな建物《たてもの》が軒《のき》を連ねている。ちょっと変わった木の看板《かんばん》が、開店前の店のドアにかかっていた。ある店にはロングブーツの

6

形のものが、べつの店には赤と白のストライプのキャンディの形のものが、またべつの店には古風な銀の鍵《かぎ》の形のものが下がっている。あたりはがらんとしていて、身なりのいい人がほんの数人、朝の散歩を楽しんでいるだけで、カーターのほうに目をむける人はだれもいない。

カーターは太陽をみてほっとした。家のない身にとって、雨ふりはいつもすごくつらい。起きあがって伸《の》びをしてから、しげみの陰《かげ》で用を足した。ズボンのポケットのなかで何かがジャラジャラ鳴っている。手を入れると、硬貨《こうか》が何枚《まい》か出てきた。きっと毛布《もうふ》をかけてくれた人が入れてくれたんだ。でも、いったいだれが？　ふと、カーターの頭にサーカス団員《だんいん》の顔が思いうかんだ。たぶん、あの人たちがあとをつけてきたんだろう。仲間に加わるようぼくを説得《せっとく》するつもりで……。結局、だれにもらったのかわからない毛布《もうふ》をたたんでベンチの下にかくした。また今夜、必要になるかもしれない。

カーターはゆうべ手に入れたBの形のプレッツェルを捨《す》てようとして、思いとどまった。細かくちぎって、大部分をハトの群れにやってから、ひと口かふた口食べた。少なくとも、あの恐《おそ》ろしい男が提供《ていきょう》するもののなかに、いいものもあるってことだ。

日々の決定を行うスライおじさんがいないと、次に何をしたらいいのかわからない。自分の運命を自分で決められる……。カーターは悩《なや》んだ。この町を出ていくべきだろうか？それともとどまったほうがいい？（まったくわからない）ボッソのいかがわしいサーカス団《だん》に加わるべき？（ぜったいにいやだ）ヴァーノン氏をさがすべき？（でも、どこから始めればいい？）

カーターはヴァーノン氏のエースのカードをそでから引っぱり出すと、手のなかでひっくり返した。ごくふつうのカードだ。ところが、じっくり観察すると、ごくわずかな折り目があった。日ざしにかざすと、たしかにカードの真ん中にほとんどみえない筋《すじ》が一本ある。そこを開くと、スペードのエースからダイヤのジャックになった。しかも、ジャックの肖像《しょうぞう》が手に名刺《めいし》を持っていて、そこに住所が書いてある――表通り１３１３。「わぁ」カーターは小さく声をあげた。

胸《むね》の奥《おく》がじんわりとあたたかくなった――初めて味わう感覚だ。なんだかきまりが悪い。カーターは無防備《むぼうび》になった気がして、その感情《かんじょう》をおしやろうとした。ヴァーノン氏はいい人なのかもしれない。だけど、ボッソやスライおじさんと同じくらい悪い人だってあっけなくわかってしまう可能性《かのうせい》だってある。どっちにしろ、あまり期待しないほうがいい。

カーターは小さな公園のまわりを一周して、表通りをみつけると、番地をたどっていっ

6

た。やがて、背《せ》の高いオフィスビルのあいだにはさまれて立っている小さい店にたどりついた。ドアにはシルクハットの形の看板《かんばん》がかかっている。ガラス窓《まど》に手描《てが》きの文字でこう書いてある。

『ヴァーノンのマジックショップ
ありえないを提供《ていきょう》する店』

カーターが店に入っていくと、ドアについている小さなベルがカランコロンと鳴りひびいた。緑の羽に黄色い首のインコがわめく。「こんにちは、カーター！　ヴァーノンのマジックショップへようこそ！」

「この鳥、なんでぼくの名前を知ってるの？」カーターはびっくりしてたずねた。

「もちろん、魔法《まほう》よ」カウンターに腰《こし》かけている大きい目の女の子がいった。革《かわ》バンドのついた白いジャケットを着ている。両腕《りょううで》は背中《せなか》のうしろに回され、革《かわ》バンドでしばられていた。

「魔法《まほう》なんてないよ」カーターはいった。そういえば、同じような会話をゆうべヴァーノンさんともしたっけ。それでも、店のなかをみまわしているうちに、カーターの心に希望のようなものがわいてきた。

二階建ての店の壁《かべ》は、床《ゆか》から天井《てんじょう》まで本棚《ほんだな》と有名マジシャンのサイン入りの白黒写真でうめつくされていた。店内のいたるところに、ありとあらゆるマジック用品が雑然《ざつぜん》とおかれている――水晶《すいしょう》の玉、トランプ、シルクハット、マジシャンの杖《つえ》、マント、人間の頭《ず》がい骨《こつ》まである。木のらせん階段《かいだん》が二階の小さなバルコニーのほうにのび、バルコニーには、小型《こがた》の木のテーブルと、革製《かわせい》のいすが二脚《きゃく》あった。そこにはだれもいなかったが、テーブルにはチェス盤《ばん》がおかれていて、対戦の途中《とちゅう》らしい。

カーターはお菓子屋《かしや》にいる子どもみたいにウキウキした――まあ、お菓子屋《かしや》にいる子どもより腹《はら》ペコだったけどね（といっても、前の晩《ばん》ほどじゃない……）。みあげるほど高い棚《たな》に視線《しせん》を走らせると、アルファベット順にラベルをはった箱がぎっしりならんでいる。フィンガーチップ、フォグ、フラッシュペーパー、フールズグラス――そうしたフから始まる名前のものがどんなものか、全部知りたいけれど、はずかしくて質問《しつもん》できない。今度、図書館をみつけてはじから調べようとカーターは決心した。ほかにも、虹色《にじいろ》のフェザーフラワーのブーケとか、いろんな大きさのビー玉がつめこまれたビンとか、タキシードとマ

ント姿《すがた》（ゆうべのヴァーノン氏とそっくりだ）の腹話術《ふくわじゅつ》の人形なんかもある。しかも、白いウサギが床《ゆか》をぴょんぴょんとびはねてる！

「じゃあ、あなたがカーター？」女の子がたずねてきた。

「うん」カーターはためらいがちにこたえた。知らない人に自分の名前を知られているのは、あまりいい気分じゃない。「あの……そこからぬけだすの、手伝おうか？」

「あたしが着てる拘束衣《こうそくい》のこと？　いい、いい！　それはまかせて。ただ、五まで数えてもらえる？」

「いち……に……さん……」

「もういいわ。脱出《だっしゅつ》成功！」女の子はさけびながら上着をふり落とした。体にぴったりした黒いシャツとズボンというかっこうだ。女の子はカウンターからぴょんととびおりると、自信たっぷりにカーターのほうへ歩いてきて、片手《かたて》をさしだした。「あたしは脱出《だっしゅつ》の天才、リーラ名人よ。はじめまして、カーター」茶色にこはく色のはん点のあるひとみがきらきら輝《かがや》いている。ウェーブのかかった黒髪《くろかみ》がえり首までたれて、女の子が頭を動かすたびにふわふわはずむ。

「ぼくが来るのを待ってたの？」カーターはびっくりしてもごもごいった。

6

「ううん。でも、お父さんは待ってた」リーラはいった。

「きみのお父さんて、だれ？」

「わたしのことかな」カーターのすぐうしろで声が聞こえた。「一度、会ったね」

カーターはぎょっとして、あやうく窓《まど》をつきぬけて外にとびだしそうになった。今の今まで、店内には自分とリーラ（とインコ）しかいなかった。それはたしかだ。

「ヴァーノンさん！　どこから来たんですか？」

「あっちやこっちから」ヴァーノン氏はそういって質問《しつもん》をはぐらかした。「店をみつけたね」

「やっぱり思ったとおりだ。商売をされているんですね」カーターは店のなかを身ぶりで示《しめ》した。「ただ楽しむためにマジックをする人なんていないです」

「あたしがいる！」リーラがきっぱりいった。

ヴァーノン氏は首を横にふった。「カーター、わたしは昨日、きみに物を売ろうとしていたわけじゃない。ぜんぜんちがう。ただ、気が合いそうな相手だと思ったから、きみが笑顔《えがお》になるのをいっしょに楽しんだだけだ。何も悪くないだろう？」

カーターはほおを赤くした。そうだ、この人はボッソの移動遊園地《カーニバル》でぼくにやさしくしてくれたんだ。そう思っても、すぐにはボッソのことを警告《けいこく》してくれたお礼をいう気になれなかった。女の子がいる前では、とてもいえない。わざわざ自分の苦しい身の上を知られることはない。

ヴァーノン氏は名刺《めいし》の束の上に片手《かたて》をおくと、一枚《まい》をカウンターの上でひらりとはためかせた。名刺《めいし》がうきあがり、空中を舞《ま》う。そのあとヴァーノン氏の手のなかにぽとりと落

6

ちた。

カーターは興奮《こうふん》に胃《い》をかきまわされるのを感じた。こんな感情《かんじょう》は初めてだ。気づけば、もっとみたいと強く思っていた。「今の、どうやるんですか？」

「魔法《まほう》さ」ヴァーノン氏はそれだけいった。

「そんなもの――」カーターはいいかけた。

「――ない」ヴァーノン氏が代わりにいった。「そうそう、きみはそんなことをいっていたね。失礼ながら、それには賛成《さんせい》しかねる。まわりをみてくれ。わたしはこの店に来てくれる人を驚《おどろ》かせる演出《えんしゅつ》を心がけてきた。それを感じないかい？」

カーターはビンビン感じていた。ただ、よく知らない相手に、本を読むように自分の心を読まれてしまうのはなんだか居心地《いごこち》が悪い。

リーラがうなずきながら、またかん高い声を出した。「この子が店に入ってきたとき、顔をみたわ。わあ、すごいってぜったい思ってる」

カーターは腕組《うでぐ》みをして、口をぎゅっとすぼめた。

「相変わらずぶっきらぼうで、明るいものの見方ができないようだ」ヴァーノン氏がいう。「まあいい。だれだってつねににこやかでいる必要はない。魔法《まほう》はあらゆるものを受け入れる。きみがここへ来てくれてうれしいよ。ちょうど娘《むすめ》にきみのことを話そうとしていたところだ」

「おふたりはどういうあいだがらなんですか？　だって、ぜんぜん似《に》ていないから」カーターは気づいたことをそのまま口にした。リーラのこがね色の顔がさっとピンクにそまる。すぐにカーターは後悔《こうかい》した。今の言葉を取り消せたらどんなにいいだろう。だれを困《こま》らすつもりもぜんぜんなかったのに。

「家族にはいろんな形があるし、大きさもさまざまだ」ヴァーノン氏はいいながら、どこからともなく羽根ぼうきを出すと、そうじをしなくてもじゅうぶんきれいな棚《たな》をはき始めた。「雪のひとひらや、親指の指紋《しもん》のように、ふたつと同じものはない」

「それと、あたしは養女よ」リーラはにっこり笑ってうちあけると、カウンターから手《て》錠《じょう》をひと組引っぱりだして、自分の手首にかけた。「あたしはこうして脱出《だっしゅつ》への情熱《じょうねつ》をわかってくれる人といっしょに暮《く》らせて、とても運がいいわ。脱出《だっしゅつ》は前から得意《とくい》だったけど、ここへ来てから、お父さんがもっとうまくなるようにって、いろんな方法を教えてくれるの」

「運なのかい？　魔法《まほう》じゃなく？」ヴァーノン氏はほほえみながら、リーラの手錠《てじょう》をぐっ

6

と引いて、しっかり施錠《せじょう》されていることをカーターにみせた。

「あたしは運命だって思いたい」リーラはちょっと考えてから結論《けつろん》をいった。

カーターの頭にパッと記憶《きおく》が呼《よ》びおこされた。運命。それって、ぼくがこの町に運ばれてくるときに感じたことだ。汽車の屋根にのぼって、スライおじさんの姿《すがた》がしだいに遠ざかるのをみつめながら、その思いは強くなるいっぽうだった。

リーラはカーターのそばまで来ると、両手をパンとたたいた。カーターが自分の手元に目をやると、なんと手錠《てじょう》がかかっている。

「どうやったの？」カーターはたずねた。早わざなら自分もたくさん知っている。けれど、この人たちは比《くら》べものにならないほどの達人だ。

「だからぁ、あたしは脱出《だっしゅつ》の天才なの」リーラは強い口調でささやいた。「いったでしょ？」

ふたたびドアのベルが鳴り、あごひげを生やした黒い目の、笑顔《えがお》が魅力的《みりょくてき》な男の人が入ってきた。

インコがやかましい声でくり返した。「こんにちは、カーター。ヴァーノンのマジックショップへようこそ」

カーターはふきだした。「なぁんだ、魔法《まほう》じゃなかった！　ただ、この島に、今日ここへやってくる人に今のセリフをいえって教えていただけなんですね」

ヴァーノン氏は肩《かた》をすくめ、ふきださないようにこらえている。「そうだったかな？」

「こんにちは、カーター」入ってきた男の人がいった。「わたしはヴァーノンだ」

カーターはヴァーノン氏をみてから、もうひとりのヴァーノン氏に目を移《うつ》した。このふたりもぜんぜん似《に》ていない。もうひとりのヴァーノン氏はヴァーノン氏より何センチか背《せ》が低く、メガネをかけていた。きちんと整えられたあごひげが顔の下半分をおおい、ショーウィンドウからさしこむ朝の日ざしが反射《はんしゃ》してきらめいている。着ているしみのついた白いジャケットには、ピカピカのボタンが上から下まで二列についていて、ズボンは黒と白のチェック柄《がら》だ。

カーターがとまどっているのをみて、リーラが説明した。「あたしにはお父さんがふたりいるの」それから、もうひとりのヴァーノン氏にかけよって、ほおにキスする。「パパ、お帰りなさい！」

「ぼくには親はひとりもいない」カーターはいった。「きみは運がいいよ」

「わたしのことは、もうひとりのヴァーノンさんと呼《よ》んでくれ」リーラの二番目の父親が

6

カーターにいった。「みんなそう呼《よ》ぶ……まあ、ここにいるリーラはべつだがね。わたしは魔法《マジック》は使わない——使うのはキッチンでだけ」

「食べ物を消すんですか？」カーターはたずねた。

「ちがうわ。パパは料理人なの。食べ物を消すのはあたし」リーラは自分のお腹《なか》をさすりながらいった。

「この人はただの料理人じゃないよ」ヴァーノン氏がいう。「グランドオークリゾートの料理長なんだ。この町をみおろす丘《おか》の上のホテルに気づいたと思うが」

「すばらしいリゾートホテルだよ——ふだんはね」もうひとりのヴァーノン氏が説明した。

「あのBBボッソと団員《だんいん》たちがチェックインしてからは、何もかもめちゃくちゃにされている。調理場が閉《し》まっていても、料理を出せといって、営業《えいぎょう》時間外に配ぜん室におし入り、けだものみたいなふるまいをする。あのならず者たちはまったくもってけだものだな」

カーターはならず者という言葉に思わず身がすくんだ。ならず者って、家も職《しょく》もなく、あちこちを転々とする人のことだからね。カーターもそう呼《よ》ばれていたんだ——これまで何度も。

ヴァーノン氏がもうひとりのヴァーノン氏をにらむようにみてから、あわててつけ足した。「カーター、有名な奇術師《きじゅつし》のP・T・セルビットはホームレスで育ったって知っていたかい？　その環境《かんきょう》がセルビットにマジシャンとして成功しようという意欲《いよく》をあたえたといわれている」

もうひとりのヴァーノン氏はカウンターのうしろにかがむと、あたりをみまわしている。

「悪かったな。じゃまするつもりはなかったんだが、鍵《かぎ》を忘《わす》れてね。ええと、どこだっけ？」

「これのこと？」リーラがたずねながら鍵《かぎ》をひとつ持ちあげた。ロープにゆわえられ、連なる結び目の真ん中あたりにある。

「もらえるかな？」もうひとりのヴァーノン氏が片手《かたて》をさしだす。

リーラは——二秒とたたないうちに——結び目をほどいて父親の手に鍵《かぎ》をおいた。ロープを持ったままだ。カーターは目を疑《うたが》った。リーラの手の早わざはぼくといい勝負だ。

「ありがとう」もうひとりのヴァーノン氏は娘《むすめ》のおでこにキスすると、カーターに礼儀《れいぎ》正しく手をふり、外へむかった。「では、ごきげんよう」

「そうだ、このロープでやってみたい手品をひとつ思いついた！」リーラが笑《え》みをうかべた。

6

「すばらしい。だが、その前に学校だろう？」ヴァーノン氏がいう。「早く行ったほうがいいんじゃないかな、おじょうさん？」

リーラの自信に満ちた笑顔《えがお》が消えて、しかめ面《つら》になった。「カーターは学校に行かないのに」

「なら、おまえはカーターじゃなくてよかったじゃないか」

「ぼ、ぼくはあの、ちょうど今、学校が変わるところで」カーターは口ごもった。さいわい、リーラは聞き流した。「休んじゃダメ？」と父親にたずねている。

「学校をかい？」ヴァーノン氏は先のとがった白いまゆをクイッとあげた。「なんでだい、リーラ？」

「今週ずっときつかったんだもん。クラスの子たちに……」リーラの声がおとなしくなる。

「あたし、ぜんぜん……わかってもらえない」

「拘束衣《こうそくい》から脱出《だっしゅつ》できるなら」ヴァーノン氏がいった。「クラスメイトのひとりかふたりに自分を印象《いんしょう》づける方法だってきっとみつけられる。だめなら、クラスメイトたちをいすにしばりつけてしまえばいい！」

「信じないかもしれないけど、たいていの子は脱出《だっしゅつ》の方法なんて聞きたがらない」リーラは説いた。「そこが問題なの。どういうからくりなのか、すっかりみせるっていってみても、女子はだれもお昼時間にあたしをいっしょの席に座《すわ》らせてくれない！　男子はただ、廊下《ろうか》であたしをみて笑って、変人って呼《よ》ぶ」

「変人？」ヴァーノン氏はぞっとした顔でくり返した。「騎士道《きしどう》はすたれたか」

リーラがあきれた顔で目をくるりと回した。「それ、騎士道《きしどう》はダサいって意味？」

「姿《すがた》を消すことなら、いつでもできるんじゃないかな？」カーターが口を開いた。「ぼくはそれで何度もピンチを切りぬけたことがある」

リーラが笑い声をあげた。「あたしもまさに今、ピンチにいるわ」そこでハァとため息をついてつづけた。「ま、とりあえずためしてみる」リーラは父親に近づいてハグしてから、カーターのそばを通りがてら、もう一度片手《かたて》をさしだした。「じゃあね。また会える？」

カーターはリーラと握手《あくしゅ》した。「うん、きっと」

ヴァーノン氏はカーターとふたりきりになっても、みるからにきれいな店内のそうじをつづけた。カーターのほうをむかずにたずねてくる。「なあ、カーターくん、ゆうべはあれからどうしたんだい？　何事もなかったかな？」

6

「ボッソに仲間にならないかとさそわれました」カーターはすなおに話した。「ことわりましたけど」

「それはよかった」

「なぜあの人がぼくに声をかけるだろうってわかったんですか？」カーターは疑問《ぎもん》を口にした。

「知っていたわけじゃない」ヴァーノン氏はいった。「だが、確信《かくしん》ともいえる予感があった。BBボッソはどん欲《よく》な男だし、ちょっとした収集家《コレクター》でもある。きみの特技《とくぎ》はどのコレクションに加えても、うってつけのものになるからね」

カーターは両手をポケットにつっこんだ。「ヴァーノンさんはぼくのことを大して知らないですよね」

「何をいっている。きみはひじょうに頭のいい若者《わかもの》で、それ以上に常識《じょうしき》があり、生きる上でのおきてもしっかり持っている。どこで暮《く》らそうと、お金がどれだけあろうと、それが一番大切なことだ。それに、きみは早わざの才能《さいのう》にあふれている。わたしのこれまでのマジシャン人生のなかで、そこまで手先の器用な人物に会ったのはほかに一人しかいない」

カーターはショックを受けてだまりこんだ。ヴァーノンさんはぼくがホームレスで、お金がないことを知っているのかな？　それとも、そうじゃないかって思っているとか？　それに、ぼくはそんなにほめられた人間じゃない……。そこでハッと思いついた。毛布《もうふ》をかけてくれたのはヴァーノンさんなのかも……。だけど、そのことをたずねるとしたら、どうしたって自分の今の状況《じょうきょう》をありのままにうちあけなくちゃならない。

「それは思いちがいです」カーターは小声でいった。「ぼくは……そ、その……」カーターはゆうべボッソにいわれた言葉を思い出そうとした。「はみだし者だから」

「わたしたちはみんな、どこかしらはみだしているんじゃないかな？」ヴァーノン氏がとつぜん、二階から声をかけてきた。バルコニーごしにみおろしている。

「えっ、いったいどうやって――？」カーターが息をのむ。

ヴァーノン氏は棚《たな》から本を一冊《さつ》引きぬくと、カーターにむかって落とした。オレンジ色の古い布表紙《ぬのびょうし》に、黒い文字がうきぼりにされている。『消えるわざ、消えないわざ』ベイリー＆バーンズ著《ちょ》。

「これは？」カーターはかたい表紙を開いて、最初の数ページをパラパラめくった。肩《かた》かけカバンにすっぽり入るくらいうすい本だ。だけど――。

「宿題だ」ヴァーノン氏はいった。「読んでみて。きみなら楽しめるんじゃないかな」

6

「ぼく、お金を持っていません」カーターは正直にいった。

「プレゼントだと思ってくれ」ヴァーノン氏は片手《かたて》を軽くふった。「いちマジシャンからべつのマジシャンへの」

「ぼくはマジシャンじゃありません」カーターの声はふるえていた。「芸をするだけです」

「なら、きみはわたしにみえるものが目に入らないわけだな」ヴァーノン氏はいった。「それに、百聞は一見にしかず、ということわざもある」

ヴァーノン氏は階段《かいだん》をすばやくおりてくると、壁《かべ》にかけてあるマントとシルクハットをつかんで、カーターをドアのほうへ連れていった。「あいにく、今日はひどく忙《いそが》しくてね。店を閉《し》めて、ふたつみっつ町をまわってやらなきゃならないことがある。だから、また来てくれるかい？　そうだな、四時ごろでどうだ？」

「はい、わかりました。だいじょうぶです」カーターはとまどいながら返事をした。プレゼントをもらったことに感謝《かんしゃ》もしていたし、手短な話のあと、あわただしく店を追い出されることになって驚《おどろ》いてもいた。

「よかった」ヴァーノン氏はドアの外へカーターを追い立てながらいった。「四時ちょうどに。じゃあ、また」

7

SEVEN

ぽかぽかした昼のあいだ、カーターは公園でヴァーノン氏にもらった本を読んで過《す》ごした。自分の本を持ったのなんて初めてだ。ページを開いたとたん、目をそらすことができなくなった。そこにはカーターがかつて、できっこないと思った手品が、かんたんな白黒のイラスト入りで解説《かいせつ》されていた。

カーターは始めから終わりまですべてのイラストと文章をじっくり読んだ。それから、もう一度先頭のページにもどって、最初の手品のわざからおぼえていった。気づくと、町役場の時計台《とけいだい》の鐘《かね》が四回鳴った。本から顔をあげると、ミネラルウェルズの町がにぎわっている。背《せ》かっこうも肌《はだ》の色

7

も年齢《ねんれい》もちがう多くの人たちが、表通りを歩いている。おとなは服や食料品、画材、アンティーク雑貨《ざっか》なんかをつめこんだ買い物袋《ぶくろ》をかかえ、学校帰りの子どもは重そうなリュックを背負《せお》ってぶらぶら歩いている。
公園のりっぱなあずまやの前におかれたイーゼルに、大きな看板《かんばん》が立てかけられ、こう書かれていた。

『BBボッソのカーニバル！

ミネラルウェルズにて期間限定《げんてい》で営業中《えいぎょうちゅう》！
今夜、サーカスショー開演《かいえん》！

明日、グランドオークリゾートで
すばらしきフィナーレ！
世界一大きいダイヤモンドを目にしよう！』

芸人が四人、おそろいの赤と白の縦《たて》ストライプのジャケットに、ちょうネクタイとカンカン帽《ぼう》というかっこうで、階段《かいだん》をのぼってあずまやのステージに立った。三人は男の人で、ひとりは女の人だ。全員がどことなく似《に》かよっているものの、それぞれがとなりに立つ仲間より目立っている。ひとりは背《せ》が高く、鼻がつんとつきでた男の人で、もうひとりは背《せ》が低く、先がまん丸《まる》いワシ鼻の下にカールした口ひげを生やしている。三人目の男の人は中くらいの背丈《せたけ》で、顔にしまりがなく、お腹《なか》がベルトのバックルからちょっぴりせり出している。女の人はとびきりの笑顔《えがお》で、目もくらむような白い歯をきらめかせている。カーターは本を肩《かた》かけカバンにしまうと、芸人たちをみようと近づいていった。

四人は鼻歌を歌いだしたかと思うと、機関車のスポークみたいにいっせいに頭をひっこめたり出したりした。

ポック　　　ポック

**　　ポック　　　ポック**

ピック　　　ピック

**　　ピック　　　ピック**

7

「みて、ア・カペラ四部合唱隊だ！」だれかがいった。ステージの前に見物人の輪ができていく。どういうわけか、四人は歌うあいだもずっと、ポック――ピックのリズムを交《こう》互《ご》につづけている。

「なんて、なぁんて、すてきな町！
ショーをするのにぴったりの
こんなすてきな町はない！」
「指輪もあるし、金《きん》もある
じゃんじゃん使える
秘密《ひみつ》の富がいっぱぁーい！」
「準備《じゅんび》はいい？　さあ、目をこ、らして
おどろきが待っているからぁー
ひとつたしかなこと、それは
これが、いただきますの、ご、あ、い、さ、つぅ――」

四人そろって帽子《ぼうし》をかかげ、音を長くのばしつづけたので、見物人が次々に手をたたき始めた。すると、四人はいっせいにおどけた調子でゼイゼイ、ハアハアと息をしてから、ノリのいい合唱曲を歌いだした。

「ポック、ポック、ポック、ポック
ピック、ピック、ピック、ピック
てく、てく、てく、てく
トリック、トリック、トリック、トリック」

四人組は帽子《ぼうし》を手に持って階段《かいだん》をおりると、四方にちらばって観衆《かんしゅう》のなかに入っていった。真珠《しんじゅ》のブレスレットをはめた背《せ》の高い女の人と踊《おど》ったり、はずかしがる男の人をまごつかせて、両手をあげて降参《こうさん》のポーズをさせたり、金のイヤリングを身につけた上品な女性《じょせい》に投げキッスをして顔を赤らめさせたり、棒《ぼう》つきキャンディをにぎってニコニコしているおさげ髪《がみ》の女の子の鼻を軽くつねったりしている。

観衆《かんしゅう》は手びょうしをつづけながら、多くの人がポケットや財布《さいふ》から細かいお金を出して、

四人組にあげている。すぐに四人のカンカン帽《ぼう》はどれも硬貨《こうか》と紙幣《しへい》であふれかえった。

「ピック、ピック、ピック、ピック
ポック、ポック、ポック、ポック
はやく、はやく、はやく、はやく
バック、バック、バック、バック」

四人は腕《うで》をパタパタ動かしながら、コッコッコッと鳴くニワトリみたいによたよた歩いてステージにもどってくると、持っていた帽子《ぼうし》をよごれた白い布袋《ぬのぶくろ》にドサッと入れた。布《ぬの》袋《ぶくろ》には大きな黒いドル（＄）の記号がしるされている。

カーターが見物人たちのほうをふりかえったとき、経験《けいけん》で身についたカンがはたらいた。さっきの長身の女の人の腕《うで》にあった真珠《しんじゅ》のブレスレットがない。はずかしがっていた男の人の手首から腕時計《うでどけい》がなくなっている。顔を赤らめた女性《じょせい》はもう、イヤリングを身につけていなかった。おさげ髪《がみ》の女の子の手にあった棒《ぼう》つきキャンディもなくなっている。

見物人は四人の歌声に感心するあまり、歌い手たちがチップ以上のものをうばっていたことに気づかなかったんだ。

「ポック・ピケッツがやってきたら
はて、さて、なにが
起こるやら〜……
あっと！
おどろく！
われらの！
ショーォォォー！」

7

ショーのしめくくりに、四人組のジャケットのストライプの色が赤から黒にパッと変わった。まるで、だれかがしかけ絵本のつまみを引いたみたいだ。あらためてみると、四人はお金の袋《ふくろ》をかかえた囚人服姿《しゅうじんふくすがた》の常習犯《じょうしゅうはん》に似《に》ていた。見物人たちは大よろこびでもりあがっている。だれもが、四人は冗談《じょうだん》でやっているのだと、信じて疑《うたが》っていないのだろう。けれど、四人組はほんもののどろぼうだ。見物人から好きほうだいに金品を盗《ぬす》んだんだ。

カーターはわき腹《ばら》にさすような痛《いた》みを感じたけれど、無視《むし》した。ここにいる人たちは知り合いでもなんでもない。ぼくには関係ないことだ。

ほんとに、そう？

「ありがとう！　ありがとう、ミネラルウェルズの住民と観光客のみなさん！」ポック・ピケッツが声をそろえてさけんだ。「ぜひ、ＢＢボッソの移動遊園地《カーニバル》におこしいただき、今晩《こんばん》、営業《えいぎょう》時間の最後に大テントで行われる、ボッソのマジックショーまでゆっくり楽しんでいってください！　それと、本気で驚《おどろ》きの体験をしたい方は、明日の夜、グランドオークリゾートで開催《かいさい》される最高のフィナーレにおこしを。なんと世界一大きいダイヤモンドを目にすることができます！　一夜限《かぎ》り！　どうかおみのがしなく！」

カーターがその場を立ち去ろうとむきを変えたとき、人ごみのなかから声があがった。

「待って、行かないで！」タキシードに白いちょうネクタイ姿《すがた》のかっ色の肌《はだ》の少年が、ステージのまわりに集まる群衆《ぐんしゅう》の前に進み出た。「今のでショーは終わりですか？」

「おっ、そうこなくっちゃ！」ポック・ピケッツのひとりがいった。「アンコールはどうかな、みなさん？」

四人は指を鳴らしはじめたが、タキシード姿《すがた》の少年が片手《かたて》をあげた。「たのむから、も

7

う歌は歌わないで。ぼくの耳がたえられない」

カーターはてっきり、少年が芝居《しばい》をする演者《えんじゃ》のひとりなのかと思った。けれど、よくみると、四人組の顔にいらだちとまどいがうかんでいる。

少年はステージにあがりながら、ズボンのポケットに手をつっこんでいる。鍵《かぎ》か、しまっておいた硬貨《こうか》でもさがすようにガサゴソしていたかと思うと、バイオリンの弓を取り出した。ものすごく長くて、とてもポケットのなかにおさまっていたとは思えない。弓はつやのある濃《こ》い色の木でできていて、先に細く黒い部品がついたりっぱな作りだ。銀色の馬の毛の束がリボンのように張《は》られている。たちまちカーターの好奇心《こうきしん》が引っかかった。この少年もステージマジックを知ってるんだ。それにしても、いったいどうやってあの長い弓をポケットのなかに入れておいたんだろう？

「一曲弾《ひ》きたいのか？」背《せ》の高いポック・ピケッツの男がたずねた。「えんりょなくやってくれ！」四人組は急いで立ち去ろうとしたが、お金を入れた布袋《ぬのぶくろ》を少年が足で地面におさえつけている。

「おい、若造《わかぞう》、チップは自分でかせげ！」だらしない顔のピック・ポケッツの男が怒《おこ》った声でささやいた。

「ぼくはあなた方のお金が、ほしいのではありません」少年はいった。「それに、ぼくの名前は若造《わかぞう》ではありません。シオ・スタインマイヤーといいます。きっとみなさん、ぼくの演奏《えんそう》につきあってくださるでしょう」シオは短い黒髪《くろかみ》と思慮深《しりょぶか》い目の持ち主で、高い鼻が堂々《どうどう》としたふんいきをかもしだしている。

カーターがステージのすぐ前にたどりついたとき、ちょうどシオがタキシードからバイオリンをさっと取り出し、左手に持ちかえた。カーターも早わざが得意《とくい》だけれど、シオのみごとな動きには、ほんとうにびっくりさせられた。すぐに、スローモーションでもう一度今の動きをみてみたい、と思わずにはいられなかった。

シオはバイオリンを肩《かた》にのせると、あごを軽くそえて演奏《えんそう》を始めた。お金の入った布袋《ぬのぶくろ》が動き出した。シオの奏《かな》でるバイオリンの曲に合わせて踊《おど》っているみたいだ。見物人たちもふたたび手びょうしを始めた。カーターは布袋《ぬのぶくろ》が床《ゆか》をゆっくりすべっていくのをみつめた。ふと、その日の朝、ヴァーノン氏がトランプを踊《おど》らせていたときの動きがよみがえる。だけど、いったいどうやって動かしているんだろう？　これは魔法《まほう》なんかじゃない。きっと何かしかけがあるはずだ。

「ぼくたちはみんな、自分の持ち物とかけがえのない関係にあります」シオは演奏《えんそう》しなが

7

らいった。魔法《まほう》をかけられたみたいに、ほとんど閉《と》じた目をパチパチする。カーターには少年が演技《えんぎ》をしているのか、それとも自分の言葉を本気で信じているのか、わからなかった。「大切なものが迷子《まいご》になったら、その品物は持ち主のところに帰りたいと強く願っています」

布袋《ぬのぶくろ》がぐいぐい引っぱられるようにステージの上を移動《いどう》していき、しまいに地面にポンととびおりた。シオがあとを追って歩いていく。見物人たちが道をあけ、少年を通した。落ちつきのない布袋《ぬのぶくろ》は背《せ》の高い女の人の前に来ると、ペットになりたい犬みたいに気をつけの姿勢《しせい》をとった。

「失礼ですが」シオはバイオリンの音を下げながら声をかけた。「何かなくされませんでしたか?」

背《せ》の高い女の人はバッグのなかをのぞいてから、いいえと首をふった。見物人たちはとまどい、ささやき声が聞こえてくる。シオがあせりだした。けれど、カーターには状況《じょうきょう》がよくみえていた。

シオという少年はスリにあった人たちを助けようとしている。ただ、ちょっとかんちがいをして、ポック・ピケッツが見物人から盗《ぬす》んだものを、チップといっしょに布袋《ぬのぶくろ》にしまったと思いこんでいるようだ。カーターは四人組に注目した。ひとりのおしりのポケットから棒《ぼう》つきキャンディの棒《ぼう》がとび出ている。

カーターの頭に疑問《ぎもん》がうかんだ。この少年はどうして四人組のスリのたくらみをはばんで、町の人たちを助けようとしてるんだろう? 少年にちょっとしたマジックの知識《ちしき》が

7

あるのはわかるけど、だからって本人になんの得《とく》がある？

いや、そんなのぼくの知ったことじゃない。カーターは自分にいいきかせようとした。だけどほんとにそれでいい？　見物人たちがボソボソとたがいに質問《しつもん》を始め、シオがあおざめていく。ポック・ピケッツが怒《いか》りに顔を赤くし、勢《いきお》いよくシオのほうにせまってきた。どうやらシオは、カーターが避《さ》けようとしていたやっかいごとにまんまとはまりこんでしまったらしい。

「演奏《えんそう》をつづけて！」カーターはとつぜん声をはりあげ、自分でもびっくりした。タキシード姿《すがた》の少年と目をあわせ、安心させるようにうなずいてみせる。シオははりつめた顔でふたたびバイオリンを弾《ひ》きだした。布袋《ぬのぶくろ》がまたいっしょに踊《おど》りだす。

カーターは踊《おど》るふりをしてから、ポック・ピケッツにひとりずつ順番にぶつかった。

「この曲、最高ですね」カーターは大声で話しかけた。四人組はカーターのねらいに気づかない――ポック・ピケッツにピックポケットしようとしていることに（ピックポケットっていうのは、ポケットのなかみをぬきとること――つまりスリをするって意味なんだ）。

一人目のポック・ピケッツがピックポケットされ、二人目のポック・ピケッツがピックポケットされ、三人目のポック・ピケッツがピックポケットされ、四人目のポック・ピケッツがピックポケットされた。この文を四回早口でいってみて。

さあ、どうぞ……待ってるから。

カーターはシオにウィンクしてつづけるようはげました。そして、踊《おど》りながらおおぜいの見物人のなかを移動《いどう》していき、背《せ》の高い女の人にぶつかりながら、真珠《しんじゅ》のブレスレットをその人の手首にさっともどすと、今度ははずかしがりやの男の人に勢《いきお》いよくつっこみながら、腕時計《うでどけい》を手首にはめなおし、おさげ髪《がみ》の女の子にぶつかりがてら、棒《ぼう》つきのキャンディをその子の口のなかにもどした。

ポトン！

ただ、イヤリングはどうしよう？　カーターはイヤリングがどうやって耳につけられているのかわからなかった。持ち主に気づかれずに耳につけなおすなんて、とてもできそうにない。

シオと目があい、たがいの意思が伝わっていることにふたりとも気づいた。シオはお金の入った布袋《ぬのぶくろ》を踊《おど》らせてステージの上にもどしながら、曲をしめくくった。「ありがとう、親切な見物人のみなさま。演奏《えんそう》させてもらえて光栄です」シオはおじぎをすると、自分のバイオリンを空中高く投げあげた。

7

その場にいた全員が息をのんで、空をみあげる。

カーターはできるだけそっと、イヤリングを持ち主の女性《じょせい》のハンドバッグにすべりこませた。

シオがバイオリンを軽々とキャッチする。みんなが拍手《はくしゅ》でほめたたえた。

ポック・ピケッツの四人はそれぞれのズボンをさわりながら、ようやくシオとカーターに出しぬかれたことに——自分たちがあっけなくスラれていたことに——気づいた。四人はふたりの少年をさすような目でにらみつけながら、チップを入れた布袋《ぬのぶくろ》だけ持って、公園からそそくさと立ち去った。

シオとカーターはむきあって肩《かた》をすくめてから、いきなり笑い出した。すっかり気がゆるんで、ふたりともやせた女がいることに気づかなかった。体にぴったりした黒い服を着て、筒形《つつがた》のふちのない帽子《ぼうし》をかぶり、クモの巣みたいなヴェールで顔をかくした女が、ふたりをじっとみている。その指が、えさをもぐもぐ食べるクモのあごみたいに動いていた。

8

EIGHT

「あの歌うスリ集団《しゅうだん》のたくらみをくじくことができた」人ごみから離《はな》れて、歩道のほうに歩きながらシオがいった。

「きみのおかげだ」

「いや、ぼくはきみに合わせて動いただけだよ、シオ」カーターは正直にいった。「それより、あの四人のたくらみになんで気づいたの？」

「最初はぜんぜんわからなかった。近くを通りかかったから、ちょっと立ちどまってみていたんだ。それで、やつらがこっそりスリを働いているのに気づいた。だけど、きみがいなかったら、恥《はじ》をかいていたところだ」シオはカーターにむかってありがとうというように軽く頭を下げた。「やつら、

8

たしかに盗《ぬす》んだものをあの袋《ふくろ》のなかに入れていたんだけどなあ。まあ、いい。とにかく、ぼくたちは危機《きき》をなんとか乗り切ったんだ。ぼくの名前はもう知っているよね。よかったら、きみの名前を教えてくれる？」

「カーターだ」

「よろしく、カーター。きみがいてくれてほんとうに運がいいよ」いいながら、シオはそでのカフスボタンの位置を直すと、バイオリンの弓をタキシードのズボンのポケットにおしこんだ。弓はシオの太ももより長いのに、するりと入っていく。

「今、どうやったの？」カーターはたずねた。「その弓、すごく長いからポケットにうまくおさまらないはずだよね。それに、お金の入っていた袋《ふくろ》もどうやって動かしていたの？」

シオはにっこり笑った。「悪いけれど、まだそれをきみに種明かしするつもりはない。またの機会にしよう。ただ、正直、ぼくは感動している。きみだってみごとな特技《とくぎ》を持っているじゃないか！」

カーターは胸《むね》をはった。すごくほめられている気がする。なにしろタキシードを着て、イギリス王室みたいな話し方をする少年にいわれたんだから。「どうしてきみは人だかりにいたあの人たちを助けようとしたの？」

「本人たちはどうすることもできなかったから」シオはいった。「みんな盗《ぬす》まれたことにも気づいていなかった」

「けど、それで何かきみの得《とく》になるの？」カーターがたずねる。

「たぶん、なんの得《とく》にもならない。ただ、自分が正しいことをしたと思える。それだってやる価値《かち》はあるよ……おかしいかな？ なんだか、とまどった顔をしているけれど」

カーターはほんとうにとまどっていた。ヴァーノン氏は手品をしても、何も売ろうとしなかったし、リーラは脱出《だっしゅつ》マジックをただ楽しむためにやっていた。そして、シオはマジックを使って人助けをした。ただ、これまでの経験《けいけん》（とスライおじさん）から学んだことがあるとすれば、他人は必ず期待をうらぎるということだ。

それでもカーターは、ヴァーノン氏やリーラやシオに親近感を抱《いだ》いていた。三人ともぼくと通じるところがある。

どう返せばいいのかわからず、カーターは手をふって、もごもごいった。「あの、じゃあ、ぼくはこれで」

「あれ、行っちゃうの？」声がした。「あたしたち、今、来たばかりなのに」

ふりむくと、リーラが歩道をやってきた。車いすに乗った赤いくせ毛の女の子もいっ

8

しょだ。リーラは笑顔《えがお》だけれど、もうひとりの女の子は用心深く（ムッとしているといってもいい顔で）カーターを上から下までざっとみた。

「カーター、シオと知り合いなの？」リーラが驚《おどろ》いている。

「じつは今、会ったばかりなんだ」カーターはこたえた。

「リーラを知っているのかい？」シオがカーターにたずねる。

「小さい町だもの」とリーラ。

「あたしはリドリー。リドリー・ラーセンよ。みてのとおり車いすに乗ってる。それについてはきかないで。でないと、鼻血を出すはめになるわよ」

「ぜったいにきかない。約束する」カーターは胸《むね》に十字を切った。

シオがカーターの肩《かた》をやさしくつかんだ。「たった今、何があったか聞いたら、ふたりとも驚《おどろ》くぞ」

「たぶんね」リドリーがいった。「とにかく話してみて」シオが話を始めた。カーターに手伝ってもらい、どうやって公園に集まった人に盗《ぬす》みをはたらくスリ集団《しゅうだん》の犯行《はんこう》を食いとめたかを語っていく。「ほんと、ふたりにみせたかった！　最高のチームさ！」

「すごいわ、カーター」リーラがいう。「感動しちゃう」

「ほとんどシオがやったんだよ」カーターはつけ足した。「ぼくはちょっと手伝っただけ」

そのとき、みるからに高価《こうか》な服を着た子どもが四人、そばを通った。クスクス笑いながら、笑いをかくそうとするそぶりを（形ばかり）みせる。

カーターとリーラとシオとリドリーはいっせいにうつむき、小声でいった。「イヤなやつら」それから、そろっておたがいをみて、同時にいった。「あの子たちはべつに三人のことをみて笑ってたんじゃなくて、〈ぼく〉〈あたし〉のことをみて笑ってただけ」全員がプッとふきだした。四人でマジックショップにむかった。

「あたしはみんなに笑われる。変わってるって思われてるから」リーラがいいながら、先頭を切って通りを歩いていく。「でも、あたし変わってるの、好きなんだ」

「ぼくがみんなに笑われるのは、いつもタキシードを着ているからだ」シオがつづいた。「両親がタキシードの専門店《せんもんてん》で大量に買いこんだんだ。それも、ぼくが生まれる前に！」

「あたしがみんなに笑われるのは、あたしのほうが利口だからよ」リドリーはそういうと、車いすのひじかけに取りつけてある自転車用のベルのつまみをはじいた。リンリンッと高い音が鳴りひびく。「みんなが本を読まないのはあたしのせいじゃない」

「ぼくがみんなに笑われる理由はいろいろ……ある」カーターはそれだけいうとだまった。

服は着古したもので、髪《かみ》は洗《あら》っていないし、夕飯にゴミ箱をあさることがあるからだなんて、とてもいえない。

四人はちょっとのあいだ、無言で歩いた。やがてリーラが三人に声をかけた。「お菓子《かし》、食べたい人いる？」ヴァーノン氏のマジックショップの前で立ちどまる。「今朝、パパがリンツァートルテを焼いてくれたの」

勢《いきお》いよく店のドアが開いて、おしゃれな花柄《はながら》のワンピースを着て、つばの広い帽子《ぼうし》をかぶった女性客《じょせいきゃく》がふたり出てきた。四人をおしのけながら、興奮《こうふん》したかん高い笑い声をあげている。「なんてふしぎな店なの！」ひとりがさけんだ。「あなたたちも楽しんで」

「いつも楽しんでまーす」リーラはいいながら、三人についてくるよう手招《てまね》きしてなかに入った。

店番をするインコがレジのそばの止まり木からわめき声をあげ、全員が飛びあがった。インコは何かのキャッチフレーズのようなみょうな言葉をくり返している。

「ケセラセラ、インコの、かれいなる、イリュージョンの、せかいへ、ようこそ！　ケセラセラ、インコの、かれいなる、イリュージョンの、せかいへ、ようこそ！」

「ケセラセラってなに？」カーターがたずねた。

8

リーラが肩《かた》をすくめる。「うちのインコはふだんは賢《かしこ》いんだけど、たまに意味のわからないことをいうのよ。カーター、この子はプレストよ。プレスト、こちらはカーター」

「よろしく」カーターは握手《あくしゅ》を求めるべきかどうか迷《まよ》いながらいった。鳥に話しかけるなんて初めてだ。

インコはまた、しつこくわめいた。「ケセラセラ、インコの、かれいなる、イリュージョンの、せかいへ、ようこそ！」

「よしよし、プレストおじょうさん」天井《てんじょう》の近くから声が聞こえた。カーターがみあげると、ヴァーノン氏が頭上のバルコニーに立っていた。相変わらず羽根ぼうきを魔法《まほう》のつえみたいに持っている。「もうわかったよ」どうやらそのひと言がきいたらしく、インコはおとなしくなった。「いや、申《もう》し訳《わけ》ない！　彼女《かのじょ》はたまに興奮《こうふん》するんだよ」

「あたしなら興奮《こうふん》なんて言葉は使わない」リーラはつぶやき、手招《てまね》きした。インコが飛んできて、リーラの肩《かた》にとまる。リーラがチュッとキスする音を立てると、プレストもそっくりの音でくり返し、そのあとどちらもクスクス笑っている。

リドリーが店内をみまわしている。「あたしのシルクハットは？」

なぜ、リドリーは自分の帽子《ぼうし》をヴァーノン氏の店においてるんだろう？　カーターは疑問《ぎもん》に思いつつも、質問《しつもん》しないほうがいいだろうと思い直した。シオがカウンターの下に手をのばし、白いウサギを引っぱりだした。朝、店のなかをぴょんぴょんとびはねていたウサギだ。

「おいで、シルクハット」リドリーがやさしく声をかける。その顔にほんとうにうれしそうな笑《え》みが広がった。シオがリドリーのひざに乗せると、ウサギはしきりに鼻をピクピクさせながら、リドリーのお腹《なか》に体をすりよせた。

「リドリーのお母さんがアレルギーなのよ」リーラが説明した。「だから、うちでシルクハットの世話をしてるの」

「もうひとりのヴァーノン氏がしっかりえさやりをしてくれている」ヴァーノン氏がいった。「心配いらないよ、リドリー」

「心配なんて、ぜんぜんしてないです」

ヴァーノン氏は黒い口ひげの下に、いわなくてもわかっているよといいたげな笑《え》みをうかべて、カーターのほうをむいた。「みんなと会ったんだね」

「はい」カーターはそうこたえながらも、頭のなかにふと疑問《ぎもん》がうかんだ。三人と会ったのは偶然《ぐうぜん》だったんだろうか？　それともわざとそうしむけられたのかな？　ヴァーノン

8

さんが四時にまた店に来てくれってわざわざぼくにたのんだのは、三人が学校から帰ってくることを知ってたからだったりして？「きみたち三人はここでよく会うの？」カーターはリーラにたずねた。

「毎週金曜日に学校が終わってからね。リドリーは自宅《じたく》で家庭教師《きょうし》に教わってるし、シオは私立《しりつ》、あたしは公立の学校に通ってるから、おたがい会う機会がここしかないの。三人で会って、奇術《きじゅつ》や手品の話をして、もちろん、練習もする」

「ぼくは浮遊《ふゆう》わざの練習をしている」シオがいった。「ものを空中にうかせるんだ。さっきみたよね」

「あたしは変身わざを学ぶのが大好き」リドリーはそういうと、近くの棚《たな》におかれた（帽子の）シルクハットを手に取った。その手を車いすのうしろに持っていき、ふたたび前に出したときには、表紙にシルクハットが描《えが》かれた本を一冊《さつ》持っていた。「いろんなものをほかのものに変えるのが好きなの」

「あたしは脱出《だっしゅつ》よ！」とリーラ。「お父さん、あたしを鎖《くさり》でしばって、水をためたタンクに逆《さか》さまに閉《と》じこめてもらえない？」

「ああ、そのうち――おまえが十八になったらな」ヴァーノン氏はいった。

リドリーがカーターのほうをむいて、ずけずけ質問《しつもん》した。「特技《とくぎ》はある？」

「わからない」カーターはこたえた。たちまち顔が赤くなる。両親が姿《すがた》を消したことを思い出した。自分もスライおじさんから逃《に》げ出した……。「ものを消すことかもしれない」

「かもしれない？」リドリーがニヤニヤしながらきき返す。

「たぶん、そうだと思うよ」シオが片方《かたほう》のまゆをつりあげてリドリーをみながらいう。

「ものを消すのはマジシャンにとってすばらしい特技《とくぎ》だ」ヴァーノン氏が割《わ》って入った。

「同じ方法で逆《ぎゃく》のことを行うのが出現《しゅつげん》わざだ。きみはどっちも得意《とくい》なんじゃないかな。なんといっても、マジックの決まった演出《えんしゅつ》の多くは、この消失と出現《しゅつげん》のわざの組み合わせだからね。すぐれたマジシャンはさまざまな効果《こうか》をひとつだけでなく、なるべく多く学んで自在にあやつれるようにしているんだ。たとえば、昔からある〈カップ&ボール〉は、消失、出現《しゅつげん》、貫通《かんつう》、変身、移動《いどう》のわざを使っている」

　読者のみんな、これはマジックについて学ぶうえで、知っておくととてもためになる情《じょう》報《ほう》だよ。そっくり書きとめてくれるといいなあ。

「ヴァーノンさんはいつからマジックをされているんですか？」カーターはたずねた。

「今のきみたちくらいの年齢《ねんれい》からだ。当時、わたしも友だち何人かとよく集まっていた。

8

ちょうどここにいる三人みたいに」

「あたしは大人になったら、初の女版《ばん》フーディーニとして知られたい！」リーラがいった。

「ぼくはハリー・ケラーの後継者《こうけいしゃ》になって、王女を空中にうかせる」とシオ。「いや、女王でもいいな……ま、いればだけどね」

「ジョン・ネヴィル・マスケリンほど偉大《いだい》な人物はいないわ」リドリーが主張《しゅちょう》した。「ステージマジックのマジシャンだけじゃなくて、発明家でもあり、作家でもあったんだから」

三人のいいあいが始まった。どうやらこれまで何度もくり返されてきた議論《ぎろん》らしく、決着がつきそうにない。カーターとヴァーノン氏はゆかいそうに視線《しせん》をかわした。

「意見というのは心臓《ハート》みたいなものだ」ヴァーノン氏はいった。「だれでもひとつ持っている」

「だれでもというわけじゃありません」カーターが反論《はんろん》した。「なかにはひどく心ない《ハートレス》人たちだっています」

「相変わらず不信感のかたまりだな」ヴァーノン氏は目を細くしてカーターをみた。「まあいい。何に対しても疑《うたが》ってかかるのは悪いことじゃない。特に新しい友だちを作ろうとしているときは」

「友だち？」カーターはいわれた言葉をくり返した。

「だからきみはここにいるんじゃないのかい？」ヴァーノン氏はたずねた。

カーターはあごをぐっと引いた。「ぼくがここに来たのは、四時にもどってきてくれとヴァーノンさんにいわれたからです」

「そうなのか？　だったら少し遅刻《ちこく》だ」先のとがった白いまゆがぐいっとあがる。「もっとも、きみはたぶん遅《おく》れていることに気づかなかったんだろう。この三人組といっしょに表通りを歩いてくるのに夢中《むちゅう》だったから。三人組のほうはきみの新しい友だちになるつもりはまったくないようだが」

ヴァーノン氏のひと言が聞こえたのか、リーラとシオとリドリーが話し合いの輪からやってきた。そろってカーターをじっとみる。「なに？」カーターはきいた。声がかすれている。「ぼく、何かいった？」

「ぼくは賛成《さんせい》に一票」とシオ。「助けてくれた恩人《おんじん》だ」

「あたしは反対に一票」とリドリー。「経験《けいけん》が浅すぎ」

「あたしも賛成《さんせい》に一票」リーラがほほえむ。「あたしなりの理由があるから。カーター、投票はすんだから、あなたをあたしたちの秘密《ひみつ》の隠《かく》れ家《が》に招待《しょうたい》したいんだけど。仲間に入る？」

入る！　とさけびそうになるのをカーターはなんとかこらえると、ほほえんで小さくうなずいた。

リーラは王女みたいな上品な口調でいった。「お父さま、悪いんですけれど、うしろをむいてくださる？」

「ああ、もちろんだとも」ヴァーノン氏はにっこりしながら、わざとらしいささやき声でつけ足した。「そのうち、秘密《ひみつ》の隠《かく》れ家《が》とやらをみつけるよ。そうなったら、きみたち悪ガキはもうおしまいだな」

リーラはクスクス笑いながら、店の奥《おく》の本棚《ほんだな》のほうへ歩いていくと、『秘密《ひみつ》の通路』というタイトルのぶあつい本を引きぬいた。すると、本棚《ほんだな》がカチッと音を立ててわきへ移動《いどう》し、窓《まど》のない暗い部屋の入口があらわれた。

「ここはお父さんが、売りに出さないとっておきのものをかくしてある部屋よ」リーラが壁《かべ》の照明スイッチを入れながらいった。「だけど、あたしたち三人の秘密基地《ひみつきち》ってことにしたの」

部屋に入ったカーターは、驚《おどろ》きのあまり言葉が頭から消しとんだ。

8

初めてみる秘密《ひみつ》の部屋には、年代物の読書用のいすとランプがおかれ、店以上にたくさんある棚《たな》に、結び目のあるロープや、精巧《せいこう》に作られたハート型《がた》の錠《じょう》とおそろいの鍵《かぎ》なんかが飾《かざ》られている。壁《かべ》には、人々の笑顔《えがお》を写した古い写真が数えきれないほどはってあった。両手に手錠《てじょう》をかけられたフーディーニの額《がく》入り写真もある。そこは明らかにリーラ用のスペースらしい。革製《かわせい》のトランクが山のようにつまれた横に、小さな薪《まき》ストーブがあって、部屋をあたためている。そのそばの壁《かべ》には、リーラがふたりの父親に両側から抱《だ》きしめられている写真が額《がく》に入れて飾《かざ》ってあった。

カーターは思った。スライおじさんが人をだますのは、何かを手に入れるためだ。だけど、この秘密《ひみつ》の部屋には、人をだますようなしかけは何もない。ぼくはここに、グループの——チームの——仲間のひとりとして招《まね》かれているんだ。新しい友だちという意味もふくまれているかは、わからないけれど……。片手《かたて》が本能的《ほんのうてき》に肩《かた》かけカバンのほうへおりていく。木の小箱にふれると、わが家にいるようなあたたかく心地《ここち》いい感情《かんじょう》がたちまちカーターの心を満たした。いや、正確《せいかく》には、わが家はこんな感じだろうとカーターが想像《そうぞう》する感情《かんじょう》といったほうがいい。なにしろカーターは、かつて両親と住んでいた白いふちどりのある小さな赤い家のことを、ぼんやりとしかおぼえていなかったから。

8

「すごいでしょ？」リーラがきいた。

「最高だ」カーターは小声でこたえた。

リーラはさっそく店の上階にある自宅《じたく》にかけあがり、キッチンからリンツァートルテを運んできた。もどる途中《とちゅう》でヴァーノン氏に投げキッスを送り、秘密《ひみつ》の部屋のドアを閉《し》める。

四人は本を読みふけり、今後の計画を話しあった。

カーターはただただ信じられない思いだった。今朝はひとりぼっちで公園のベンチで目をさましたのに、今は、見知らぬ人たちに招《まね》かれ、家におじゃまし、おまけにその人たちの秘密《ひみつ》の場所にまで入れてもらっている。ひとつの偶然《ぐうぜん》の出会いと、いっしょに笑ったことでこれだけちがう人たちと結びつくことができるなんて、ほんとうに驚《おどろ》きだ。まるで……

それにつづく言葉はこれしか思いうかばない。

まるで、魔法《まほう》のようだ。

9

NINE

永遠《えいえん》とも思えるような、それでいてあっという間のような時間がたってから、リドリーが自分の腕時計《うでどけい》に目をやった。「そろそろ行かなくちゃ」

四人はヴァーノン氏のマジックショップの秘密《ひみつ》の部屋で数時間を過《す》ごしていた。カーターにとって、これまでで一番楽しいひとときだった。シオはポケットからどうやってバイオリンの弓を引きだしているのかをみせてくれた（ワイヤー装置《そうち》で弓をふたつ折りにしていた）。リーラは手錠《てじょう》からの脱出《だっしゅつ》方法を明かしてくれた（手首に作った三センチ四方のニセモノの皮膚《ひふ》の下に鍵《かぎ》がかくされていた）。そして、リドリーは実際《じっさい》にトランプのカードを使って、考案中

9

の暗号を教えてくれた。

お返しにカーターは、得意《とくい》なトランプとコインの手品をいくつか三人にひろうした。リドリーは始めのうち、バカにしたような顔で何度も目をくるりと回していたけれど、途中《とちゅう》で自分のポケットのなかをのぞいて、トランプが丸々ひと組つめこまれているのに気づくと、おとなしくなった。もうひとりのヴァーノン氏がひと口サイズのサンドイッチを大皿にのせて運んできてくれた。なかにきゅうりとクリームチーズが入っていて、パンの耳は全部切り落としてある。カーターは皿に残った数切れをもらってカバンにしまいたかったが、そんなことをしたら変なやつだと思われることもよくわかっていた。カーターは不安になってきた。ほかのふたりといっしょにリーラに追い出されたら、どうすればいい？もう公園のベンチで眠《ねむ》るのはむりだ。この店がすぐ近くにあるとわかってるのに、そんなことはできない。じゃあ、ほかにどこへ行く？　スライおじさんがいれば、とっくに豆かくしを何度かやって、最低でも安い宿で一日か二日過《す》ごせるくらいのかせぎを得《え》ていただろうけど……それはもう過去《かこ》の話だ。

「行こう」シオがカーターを手招《てまね》きしている。

「どこへ？」

「移動遊園地《カーニバル》に決まってるでしょ」リーラがいった。「この一週間、楽しみにしてたんだから」

「ああ」カーターはいいながら、ボッソとその手下たちを思い出してぞっとした。「ぼくはえんりょしておくよ」

「どうして？」シオがきく。「町のお祭りイベントだから、だれでも楽しめるはずだよ」

「うん、その……じつはゆうべ行ったんだ」カーターはいった。「そんなに大したことなかった。見世物小屋でみたものなんて、まちがいなくインチキだし、ゲームもみんな細工されてる」

「知ってる」リドリーがいった。「だから行きたいの――すべてがどんなしかけで動いているかをつきとめて、しかけたやつらの鼻をあかす」

「身のまわりのなぞについて勉強するのは、若《わか》いマジシャンにはいいことだらけさ」シオがつけ足す。「そうやってぼくらは学んだことをもっとうまく再現《さいげん》するんだ」

「ねえ、行こう」リーラがカーターの腕《うで》に腕《うで》をからませた。「きっと楽しいって！」

行きたくはない……けれど、新しくできた――友だちとまだまだいっしょにいたい。

カーターはしかたなく、誘《さそ》いを受けた。

最悪の事態《じたい》が起こるとしたら、どんなことだろう？　もし、きみが物語の登場人物になったとしたら、この質問《しつもん》を自分にしないほうがいい。いやでもその答えはみつかるし、十中八九、きみはうれしくないだろうから。

9

四人が移動遊園地《カーニバル》に着くころには、もう日はほとんど暮《く》れていた。入口に一列にならんだきらめく明かりの下をくぐりながら、カーターはヒヤヒヤしていた。肩《かた》かけカバンからハンチング帽《ぼう》を引っぱり出して、深くかぶる。どうか、ボッソの一味にみつかりませんようにに。

「乗り物のチケットを買おう！」リーラがシオをつかんでチケット売り場へ引っぱっていく。ふたりが列にならんでいるあいだ、カーターは明かりがきらめく門のそばで、リドリーとふたりっきりだった。シオとリーラはすなおにカーターを受け入れてくれているようだけれど、リドリーは内部のしくみが気になる機械をみるみたいにカーターをみる。

「で？」リドリーはずばりきいた。「あんた、何者？」

「ぼく？」

「そう、どこから来たの？　家はどこ？　どこの学校？　なぜここにいるの？」

「ちょっと込《こ》み入ってるんだ」カーターは正直にこたえた。

「聞かせて」

カーターは地面に落ちているポップコーンをけとばした。どう話せばいいかわからない。だまっていると、どんどん空気がはりつめてくる。

「はっきりいわせてもらうけど」とリドリー。「あたしはあんたを信用してないから。これ……っぽっちもよ。だから、あんたに秘密《ひみつ》の部屋をみせることに反対票を投じた。シオとリーラは相手のいいところをみるけど、あたしはちがう。だいたい、おかしいでしょ。これだけ何時間もいっしょにいるのに、いまだにあんたのことを何ひとつ知らないなんて。だから、最後にもう一度きく。あんたはなぜここにいるの？」

「ここって、ミネラルウェルズにってこと？」カーターはリドリーのはげしい質問《しつもん》にうろたえてしまい、とっさにウソをついた。「両親といっしょにロイヤルスプルースホテルに泊《と》まってるんだ」

「グランドオークリゾートのこと？」

「そうそう、そういいたかったんだ」カーターはわざとクスクス笑ってみせた。リドリー

9

のけわしい目つきにひどく動揺《どうよう》していた。

「あんた、リーラとシオに何の用？　ヴァーノンさんにも？　何が望みなの？」

「何も」カーターはこたえた。「何も望んでなんかいない！　だれにも何の用もないよ。考えたこともない」

「そんなのウソ」リドリーはいった。「みんな何かしらたくらんでるものよ」

いろんな思いがカーターの頭のなかをかけめぐった。家がほしい。家族がほしい。友だちがほしい。けれど、どれもかなうはずのない夢《ゆめ》だ。少なくともミネラルウェルズに来るまではそう思っていた。そしてぼくは今、ヴァーノンさんと出会ってからみつけた幸せに必死にしがみつこうとしている。ただ、それをリドリーやリーラやシオにあらいざらいうちあけられるわけがない。完全にならず者の話にしか聞こえない。ならず者はごろつきっていうあのひどい言葉の同義語《どうぎご》だ。三人に知られたらきっと、ぼくは自分で消えるよりも早く、三人に消されてしまう！

「ぼくは悪人じゃない」カーターはつぶやいた。

「それじゃ質問《しつもん》の答えになってない」リドリーのまなざしはたえられないほど強かった。

「いったい何の用でここに来たの？」

「居場所《いばしょ》がほしくてだよ」カーターはかみつくようにいった。目に涙《なみだ》がにじむのを感じたけれど、気のせいかもしれない。カーターはさっと目をこすった。「ひとりぼっちがどんなものか、きみにはわからないよ」

リドリーはギクッとした。「あたしが何を知ってるか、聞いたら驚《おどろ》くわよ」

ふたりは少しのあいだだまってその場に立っていた。シオとリーラをみると、楽しそうに声をあげて笑ったり、ほほえんだりしながらチケット売り場の列にならんでいる。「あのふたりはふつうの人より苦労を知らないのよ」リドリーは静かにいった。「だから、すぐに他人を受け入れる。あたしは……人とちがうかのように、みんなにあつかわれる。でも、ちがってなんかいない。そんなにはちがわない。あたしはあたしよ」リドリーの態度《たいど》がやわらいだ。「あたしはべつに、あんたに対していやなヤツになろうとか、そういうつもりじゃない。ただ、自分の友だちを守ろうとしてるだけ」

ふと、ザレウスキーさんのことが頭にうかび、カーターはいった。「わかるよ。ぼくもそうだ」

「あたしたち、思ってた以上に共通点がありそうね」リドリーはみとめた。「で、ほんとにマジシャンになりたいの？」

9

「わからない。考えたこともなかった」カーターはこたえた。「ぼくがやってたマジックは、人を苦しめるだけのように思えた。けど、きみたちをみてると、かっこいいって思える。それにぼく、わりと手先が器用なんだ」

「へえ。でも、ほんもののマジックが足の上を通っても、きっとあんたは気づかない」リドリーはニッと笑ってカーターの片足《かたあし》を車いすでひいた。

「うわっ！」カーターは一瞬《いっしゅん》、リドリーがふたりのあいだのやわらいだ空気をくつがえし、また攻撃《こうげき》してきたのかと思った。みると、自分の靴《くつ》の上部に〈ほんもののマジック《REAL MAGIC》〉という文字がついている。マスキングテープの小さな切れはしだ。カーターはあっけにとられ、それから笑い声をあげた。「すごい！　今の、ぼくにも教えて」

リドリーはようやくほほえんだ。「考えとく」

シオとリーラが会場の入口にもどってきた。小さな青い紙でできたチケットの束を手にしている。リーラがいった。「最初に回転ブランコに乗りたい。それからバンパーカー（電動のおもちゃの車に乗り、ぶつけあって遊ぶゲームだよ）。で、〈ボッソのミキサー〉に乗らなきゃ。耳からも吐《は》いちゃうって話よ」

「それのどこが楽しいの？」シオがきく。

「そりゃあ、楽しいでしょ！」リーラは笑い声をあげると、ポケットから手錠《てじょう》を引っぱりだして、シオと自分の手首にさっとかけてから、回転ブランコのほうへ引っぱった。

「先に行って」カーターはいった。「ぼくは、あの……チケットを買ってないんだ」買うお金を持ってない。そのとき思い出した。そういえば今朝、だれかがポケットに硬貨《こうか》を何枚《まい》か入れてくれていたんだった……。

自分のチケット代くらいはあるかな？　でも、夕食を買わなきゃならないし……いや、このお金はいざっていうときのためにとっておいたほうがいい。

「もう全員分のチケットを買ったよ」シオが手錠《てじょう》をかけられたほうの腕《うで》をぎこちなく動かし、カーターに何枚《まい》か手わたした。「リーラ、これ、はずしてもらえない？」リーラが手のひらでふたりの手首をペシッと打つと、手錠《てじょう》がはずれた。「ありがとう」

「いや、ほんとに、ぼくはいいよ」カーターはことわった。お返しが何もできないのに、チケットを受け取るのは気まずい。「行きたいかどうかもわからないし――」

「きみもぼくらといっしょに乗り物に乗るんだよ」シオが口をはさんだ。「問答無用さ」

カーターは不安になった。もし、この誘《さそ》いをことわったら、みんなはぼくが何かかくしてると思うだろう。たしかにかくしごとをしている――しかもたくさん――だけど、それ

9

をうちあけて、せっかくできた仲間を失うかくごはできていない。

回転ブランコで空に舞《ま》いあがったり、バンパーカーをたがいにぶつけあったり、ミキサーに乗って吐《は》きそうなほどくるくる回っているあいだ、カーターはわれを忘《わす》れた。ハンチング帽《ぼう》を目深《まぶか》にかぶっていたのも役に立った。ほんとうにしばらくぶりにカーターはちょっとだけ安心感にひたった。

乗り物を楽しんだあと、四人はゲームブースの通路を歩きながら、それぞれのゲームにどんなしかけがあるかをひとりずつ順番に当てていった。ちなみに、ここでいうしかけとは、ある人物にとってつごうよく仕組まれたものっていう意味だ。その人物はゲームをする人のことじゃないよ。

〈牛乳《ぎゅうにゅう》ビン・ピラミッド〉では、カーターが前にヴァーノン氏に話した自説を三人にひろうした。リドリーがつけ足す。「たぶんそれで合ってる。でも、ビンの底に鉛《なまり》をつめて重くすることも可能《かのう》よ。たとえば、十ポンドずつとか。それにほら、ビンのうしろにある重そうなカーテンのおかげでたおれにくくなってる」

〈風船ダーツ投げ〉では、シオが説明した。「風船に空気がじゅうぶんに入っていないし、ダーツが軽すぎて風船を支《ささ》える力がないから、あれじゃ、すぐにはねかえってしまうよ」

〈アヒルの池ゲーム〉では、リーラが指摘《してき》した。「ゴム製《せい》のアヒルを釣《つ》りざおで引っかけて取るのはかんたんだけど、九十九パーセントはアヒルの底に残念賞《しょう》のしるしがついてる。このゲームではだれも豪華賞品《ごうかしょうひん》はゲットできない」

なかでもリドリーの鋭《するど》さはピカイチだった。通路を車いすで進みながら、指をさしては「あのバスケットボールのゴールリングは小さすぎてボールが通らない」とか、「ぬいぐるみのネコたちのあいだの空間はみた目より広い。ネコの毛がふわふわでわからないだけ」とか、「受け皿がカーブしていて、コインが外へすべり落ちるように作られてる。ただ、なかにのりづけした皿があって、それで成功したようにみせてるのよ」と指摘《してき》していく。

「すごい」シオがいった。

「カーター、ピンクのフラミンゴはどう？」

「食べたいかってこと？」カーターは冗談《じょうだん》をいった。「それともペットとして？」

「それはまかせる！」リーラは〈輪投げ〉ブースの天井《てんじょう》からぶらさがるぬいぐるみのピンクの鳥を指さした。

カーターは笑った。「けど、いかさまだってわかってるよね」

「そうだけど、いかさまゲームに勝てば、なおのこと楽しいでしょ」リドリーはニヤニヤ

9

している。「一個《こ》、棒《ぼう》にかかれば、小さなオウムのぬいぐるみ。二個《こ》かかれば、できそこないのクマのぬいぐるみがもらえるけど、三個《こ》ともみごとに輪がかかれば、特大のピンクのフラミンゴを持ち帰れる。この遊園地で最大の賞品《しょうひん》よ。あたしたちのすごさにきっとみんな注目する！」

正直いうと、カーターは注目されたくなかった。

「まわりをみれば、だれもフラミンゴを持ってないってわかるでしょ」リーラもいう。「最高の賞品《しょうひん》をゲットできる人はいない。でも、あたしたちが最初の勝者になる」

カーターの顔が赤くなった。今すぐ身をひるがえして、ここから逃《に》げろと直感がいっている。けれど、カーターは勇気をふるいおこして問いかけた。「ねえ、どうして三人はぼくにやさしくしてくれるの？」

シオが顔をしわくちゃにしてとまどっている。「そんなの、あたりまえじゃないか」

リドリーが腕組《うでぐ》みをして、しかめ面《つら》になった。「バカね、あんたがいられるようにでしょ。あたしたちはみんな、居場所《いばしょ》がないと感じるつらさを知ってるから」

カーターは笑顔《えがお》をむりやり消した。そのままでいたら、バカみたいにみえそうだ。

リーラがブースの客引きのところへ歩いていった。「チケット三枚《まい》で三回分の輪をください！」それから、受け取った輪の一個《こ》をリドリーに、一個《こ》をシオにわたし、一個《こ》を自分で持った。

「レディーファーストで」とシオ。

リドリーが車いすを動かして前に出た。目で距離《きょり》と緑のビンの大きさを見積もったり、手のなかの輪の重さをたしかめたりしている。

「早いとこ、やってくれ。ゆっくりもしていられないんでね」客引きがいう。リドリーが輪を投げると、一番手前のビンにかかった。リドリーは男にむかってぺろりと舌《した》を出した。

つづいてリーラが前に出た。両腕《りょううで》を頭の上にのばして、指の関節をポキポキ鳴らす。それから片足《かたあし》で立ち、反対の足をうしろにのばして前かがみになると、手すりの上にできるだけ身を乗り出した。軽くほうると、輪はリーラから一番近いビンにかかった。

「今のは反則《はんそく》だ」客引きの男がおしころした声で責《せ》めるようにいった。

「反則《はんそく》じゃないわ」リーラはまだ仕切り線の上に体をのばしたままだ。「手すりにふれないでくださいって書いてある。あたしはふれてない。手すりの上の空中で静止してる」

「下がれ！」客引きはしつこくいった。

「ちょっと、おじさん！」リドリーは車いすから手をふった。赤いまゆをひそめている。

9

「あたしが投げたときには、手すりに近づくこともできなかったんだから、これでちゃらってことでどう？」

客引きの男はふくれっ面《つら》で一歩下がった。

次はシオの番だ。シオはズボンのポケットからバイオリンの弓をさっと引きだすと（今回は折りたたみ装置《そうち》のロックがかかるのがカーターにもわかった）、カウンターの上におかれた輪の上にかざした。ふわりと輪がうき始める。カーターは息をのんでみつめた。シオがどうやってものをうかせているのか、相変わらずわからない。

輪が踊《おど》りながら空中に舞《ま》いあがっていく。客引きは気絶《きぜつ》しそうな顔をしている。一秒後、輪がビンのひとつにそっとおりて、満足そうなコンという音を立てて着地した！

「やった！」カーターは思わずガッツポーズをした。

「ノリノリのフラミンゴを一羽《わ》、お願いしまーす！」リーラがいう。

客引きの男はいらだちに頭をかきむしりながら、特大の賞品《しょうひん》を手わたした。四人はハイタッチをしあい、ドッと笑った。リドリーは勝ちほこった顔で通路の真ん中を車いすで進み、リーラがとなりでスキップしている。肩《かた》にのせたピンクのフラミンゴが上下にはずんでいる。車いすの反対側では、シオがいつもの調子で歩いていく。カーターは三人の前をくねくね進みながら、興奮《こうふん》をかくせずにいた。「ねえ、いったいどうやったの?」

「ほんもののマジシャンは自分の秘密《ひみつ》を決して明かさない――」リドリーがいった。

「また、いつもの俗説《ぞくせつ》」シオがクスクス笑っている。

「俗説《ぞくせつ》じゃないわ」リドリーが返す。「ほんもののマジックのルールよ」

「ほんもののマジックがひざをかんでも、きみは気づかないだろうね」カーターがいった。

リドリーが自分のひざに目をこらすと、〈REAL MAGIC〉の文字がズボンについていた。カーターが自分の靴《くつ》からこっそりはがして、リドリーに気づかれずにひざにくっつけていたんだ。リドリーは感心してちょっと顔がほころんでいる。

「まだ、あたしの話はすんでない。あたしがいおうとしてたのは、マジシャンはだれにでも自分の秘密《ひみつ》を明かすようなことは決してしないっていう意味よ。あたしが輪投げをどう攻略《こうりゃく》したかっていうと、輪の重さをはかって単純《たんじゅん》な物理の特性《とくせい》を利用したの」

「あたしは重力を利用した」リーラがちゃめっ気たっぷりに肩《かた》をすくめる。「たぶん、聞いたことがあると思うけど、重力はとても役に立つ自然の法則《ほうそく》よ。あの店の輪はすごくはずみやすいプラスチックでできているから、近くから投げたほうが、それだけはねにくくなる」

9

「じゃあ、きみは？」カーターはシオにたずねた。「ようやくぼくに弓の秘密《ひみつ》を教えてくれる気になった？」

シオはちょっと考えてからいった。「まだ、だめ」

みんな、ふきだした。

10

TEN

難《なん》関《かん》ゲームのひとつを攻略《こうりゃく》したあと、四人はびっくりハウスと鏡の間に行った。そして、ほかの三人が見世物小屋に行くあいだ、カーターはトイレに行くといって、グループから離《はな》れた。ほんとうは、見世物小屋のなかでボッソの一味に姿《すがた》をみられたくなかったんだ。

最後に〈腕《うで》だめし〉の機械に行き、全員が順番に挑戦《ちょうせん》したけれど、だれも勝てなかった。「このゲームだけは会場のなかで不正な細工がされてない」リーラが指摘《してき》した。

「えーっ、不正もいいとこよ」リドリーがうめいている。「こんなの、筋肉《きんにく》もりもりの超人ハルクじゃなきゃ、とうてい勝てっ

10

こないもん」
「ねえ、観覧車《かんらんしゃ》に乗ろうよ！」リーラがさけんで、三人をむりやり引っぱっていった。
四人はサビの目立つ檻《おり》みたいなゴンドラに乗りこんだ。地面がどんどん遠ざかってい
く。カーターはゾクゾクしながら、満月とむきあった。リドリーが操縦室《そうじゅうしつ》にいる女の人に
呼《よ》びかける。「お願い、あたしの車いすを見張《みは》ってて！　そのベル、すっごく高価《こうか》だった
の！」ほかの三人があっけにとられてリドリーをみつめると、今度は三人にいった。「何
よ？　あんたたちだけは冗談《じょうだん》が通じる相手でしょ？」
金属製《きんぞくせい》のゴンドラが観覧車《かんらんしゃ》のてっぺんでガクンと止まった。風でわずかにゆれている。
リーラがカーターのとなりで体を前後にゆさぶってゴンドラをさらにゆらそうとした。
「ちょっとやめて」リドリーがどなった。「胃《い》のなかのきゅうりとクリームチーズのひと
口サンドイッチをそこらじゅうに吐《は》いちゃいそう」
「ごめん、ごめん！」リーラがあやまった。「この檻《おり》のせいよ……あたし、いつも脱出《だっしゅつ》す
ることを考えちゃうから」
「ゆらしてここからぬけ出すつもり？」リドリーがきく。
「そうかも！」

少しのあいだ、風とゴンドラがキーキーゆれる音だけになった。カーターは小さい町をみおろしながら、あたたかい感情《かんじょう》がおしよせるのを感じた。ぼくは今、いろんな意味で世界のてっぺんにいる。

「みんなはここが好き?」カーターはたずねた。

「ミネラルウェルズ?」リドリーがこたえる。「もちろん。小さいわりには、そこそこいい町よ」

「そこそこ?」リーラが加わった。「すばらしいところよ。空気は新鮮《しんせん》だし、木立《こだち》や丘《おか》はハイキングにもってこいだし、人はみんな親切だし――」

「人は悪くないわ」今度はリドリーが口をはさんだ。

「まあ、あたしの学校の子たちはイマイチだけど」リーラはみとめた。「でも、いじわるな子も、それほどいじわるをしてるつもりはないんだと思う」

リドリーがシオの腕《うで》をつついて耳元でささやいた。「いや、わざとよね」シオは礼儀《れいぎ》正しくリドリーにほほえんだ。

「きみは、だれのこともできるだけいいように考えるよね?」カーターはいった。リーラのような人にはこれまで会ったことがない。

10

「そうしようと努力してる」リーラはそこで声を落とした。「あたし、養女になる前は、孤児院《こじいん》にいたの。そこは……とてもいい場所とはいえなかった。だから、引き取られてからは、ずっとありがたいと思うようにしてる。かんたんじゃないけど、いじけるよりはいいでしょ」

カラン、カラン、カラン、カラン。

今のは会場のなかでだれかが賞品《しょうひん》をゲットしたときの鐘《かね》の音だったんだけど、きっときみは、カーターがリーラと自分には共通点が多いと気づいた瞬間《しゅんかん》の効果音《こうかおん》だと思ったよね。ちがうんだ！　ただの鐘《かね》の音さ……

……でも、そうかな？

「あたしはいじけたことはないわ」リドリーがいった。「頭にきたり、イライラしたり、ひとりでさみしかったりするときはいつも、その感情《かんじょう》のエネルギーを前むきなことに使うの。たとえば、変身わざの練習とかね」

観覧車《かんらんしゃ》をおりると、四人は人ごみにもまれながら、会場のなかほどで再度《さいど》集まって相談した。シオが腕時計《うでどけい》を確認《かくにん》する。「大テントのショーが始まるまでに、もうひとつ、何かに参加できそうだよ」

「ご両親も来るかもね、カーター」リドリーがいった。「大テントのショーはみんな大好きだから」

「ご両親？」リーラがたずねる。「あたしはてっきり──」

カーターは真っ赤《か》になり、思わず口走った。「あっ！　そうそう、リドリーには話したんだけど、うちは丘《おか》の上のホテルに泊《と》まってるんだ」ひたいの汗《あせ》をぬぐう。ぼくはなんてバカなんだ。もし、ウソをついてることがバレたら、三人はきっと、二度と口をきいてはくれない。「けど、今はそんなこと、どうだっていいじゃないか」スライおじさんみたいな笑《え》みを三人にふりまくのはすごくいやだけど、ほかにどうすればいいのかわからない。

「シオのいうとおりだよ！　この人ごみをぬけだして、どこか行くところをさがそう」

紫《むらさき》のテントがすぐ近くにあった。金色のふさがついていて、外側に〈霊能者《れいのうしゃ》マダム・ヘルガ〉と書かれた木の看板《かんばん》がかかっている。「早く。こっち、こっち！」カーターはそういうと、ビロードのカーテンを開けて三人をなかに入れ、朝、ポケットに入っていた硬《こう》貨《か》をつかんだ。べつにさしせまった状況《じょうきょう》でもないし、自分のお腹《なか》が満たせるわけでもない。それでもカーターは三人に何か特別なことをしたかった。今日、この三人から、人生で最高の夜をもらった。だから、お返しがしたい。

10

うす暗いテントの壁《かべ》には、複雑《ふくざつ》なもようの藍色《あいいろ》のタペストリーが飾《かざ》られていた。濃厚《のうこう》でスパイシーな香《こう》のにおいがあたりに満ちている。テントの中央に丸いテーブルがおかれ、色あせた赤いクロスがゆったりとかかっている。そのむこうにしわくちゃのおばあさんが座《すわ》って、くもった水晶《すいしょう》の玉をみつめていた。

「運命の門番があんたがたをヘルガのところへ連れてきた」おばあさんは四人の顔を交互《こうご》にみながらいった。「あんたがたの未来は明かされるのを待っている」

「ちょっと、かんべんしてよ」リドリーがぼそっとつぶやいた。

カーターが硬貨《こうか》をテーブルにおいた。おばあさんはそれをさっとつかんで、自分のベルトの内側にねじこんだ。「あんたがたはおたがいの手をしっかりつかんでいないといけない」そういうと、いすの上で姿勢《しせい》を正し、両手の平をくもった水晶《すいしょう》の玉の上にかざして、左右に動かした。

「未来を示《しめ》し、わたしに真実をみる目をあたえよ」おばあさんはとなえた。「闇《やみ》のなかの、あるいは光に包まれたこの子たちの進路をみせたまえ。ここにいる四人の歩むべき道すじを示《しめ》し、この先に起こることを明かしたまえ……それが白であろうと、黒であろうと、赤であろうと」

おばあさんは顔を水晶《すいしょう》の玉に近づけた。玉の内部でミルクのような白いものがうずを巻《ま》き、それからすっきりと晴れた。雲が分かれて青空が顔を出すみたいに。

おばあさんの目がこわばり、くぎづけになった。「なるほど……」さらに玉に顔を近づける。「あんたがたのあいだには、すでに新しい友情《ゆうじょう》ができている。ひとりは旅人。ひとりは大きな強みを持ち、もうひとりは大変な苦難《くなん》をかかえている。最後のひとりは分けあたえる愛をたくさん持っている。それぞれにこの先、長い道のりが待っている。ときに困《こん》難《なん》にぶつかることもあるだろうが、四人で力をあわせ、たがいに忠実《ちゅうじつ》でありつづければ、行く手をふさぐものは何もない。ひとりでは弱いが、いっしょなら強い。そう運命の門番はいっている」

テントの外へ出ると、リーラがいった。「ちょっと、今の話きいた？　あの人、あたしたちのこと、なんでも知ってる！　おっどろいたのなんのって！」

「知ってるわけないでしょ」リドリーが返す。「あれは全部、だれにでも当てはまりそうなデタラメよ。あたしが前に読んだフォーチュンクッキー（おみくじ入りのクッキー）のほうがよっぽどみぬいてたわ」

「ほんとうでもデタラメでも、あの人のメッセージはとてもよかった」シオがいった。

「硬貨《こうか》一枚《まい》で安心できることもあるんだな」

「ぼくも気に入った」カーターもうなずいた。

たぶん、リドリーのいうように、霊能者《れいのうしゃ》がよく使うただのトリック（ごまかし）だったんだろう。カーターはそう思いながらも、ふと考えた。でも、もし、あのおばあさんのいうとおりだったとしたら？　もし、運命の門番がぼくにここにいつづけることを望んでいるとしたら？

✦
✦
✦

遊園地じゅうにサイレンが鳴りひびき、ピエロたちが走りまわって呼《よ》びかけている。

「いよいよ大テントでビッグショーが始まるよ！　みなさん、どうぞいらっしゃい！」

「あ、あの……ぼくの……り、両親がたぶん、ホテルで待ってると思うんだ」カーターは切りだした。ボッソの一味にみつかる危険《きけん》を避《さ》けたい。「そろそろ行こうよ」

「だけど、チケットをもう買っちゃったよ」シオがいう。

「バカなこといわないで、カーター」リーラが側転をしながらいった。「マダム・ヘルガがいってたでしょ。いっしょなら、あたしたちは強いって」そこで首をちょっとかしげ

10

て、カーターの顔をいぶかしげに観察した。まるで真実をさぐり当てようとするみたいに。

「あなたの両親は気にしないわ。あたしにはわかる」

しかたなく、カーターは三人の友だちについていった。

ビッグショーは遊園地の中央にある一番大きなテントで行われた。ポック・ピケッツがおそろいのストライプの衣装《いしょう》で、すでに円形のステージ上にいる。カーターたち四人は人ごみをかきわけ、自分たちの席に着いた。

シオがカーターに目くばせする。そういえば、昼間、あのカルテット（四部合唱隊）がスリをはたらこうとしていたところをふたりでみごとに撃退《げきたい》したんだった。カーターはもうずいぶん昔のことのように感じた。ここでも、あの四人組のよからぬたくらみをはばむ準備《じゅんび》をしたほうがいいんだろうか？

カルテットが歌っている。

「楽しかったね　笑ったよね
みんなゲームでヘマばかり！
綿《わた》あめに、ポップコーンも食べたね

原料不明のコーンドッグも！
乗り物にゆられ、ふりまわされて
目が回るほど遊んだら
いよいよ始まるビッグ、ショー！」

ポック・ピケッツは歌いながら、アーチを作った。ふたりがべつのふたりの肩《かた》の上に立って、たがいの手のひらを合わせている。

「今夜、最後を飾《かざ》るのは、とびっきりのひととき
馬にえさをやれば、ほら、たちまち荷馬車に早変わり
みんなの夢《ゆめ》をかなえる男
大評判《だいひょうばん》のすばらしきボス
りっぱで、偉大《いだい》で、体もビッグ
予測不能《よそくふのう》の名人、それは
話題の男、B、B、ボッソォ！」

10

炎《ほのお》と煙《けむり》がふきだし、ポック・ピケッツが消えて、代わってBBボッソがステージの中央にあらわれた。顔を白くぬった大男が、キラキラのビーズをちりばめた黒いシルクのガウンを着て、満面にゆがんだ笑《え》みをうかべている。ゆうべカーターがみた金色の毛の怒《おこ》った小ザルが、男の肩《かた》にちょこんと乗っていた。ゆうべと同じ赤いトルコ帽《ぼう》をかぶっている。

「こんばんは、みなさん！　BBボッソです。わたしのショーへようこそ。みなさんの目に映《うつ》るものはすべて、わたしが演出《えんしゅつ》しています！　みなさんが楽しんでいるのはすべて、わたしの計画によるもの！　わたしはこれまで世界じゅうをとびまわって、神秘主《しんぴしゅ》義《ぎ》のなぞや、山奥《やまおく》の修行者《しゅぎょうしゃ》の秘儀《ひぎ》や、砂漠《さばく》の苦行僧《くぎょうそう》の作り話を学んできました。なぜか？　わたしの愛するファンのみなさんを楽しませることに、とてつもないワクワク感をおぼえるからです！」

観衆《かんしゅう》が手をたたいてどっと笑った。カーターはさらに頭を少しひっこめ、人々のなかにまぎれると、かぶっている帽子《ぼうし》をおしさげた。どうか、自分のふるまいが友だちに気づかれませんように。

ボッソがシュッと音を立てて長い剣《けん》をふりあげ、ショーが始まった。バラの花束の花の部分を剣《けん》が一気に切り落とすと――バラのあった場所にタンポポがあらわれた。「悪くないわね」リドリーがいった。まわりで観衆《かんしゅう》が「おおっ」とか「わあ」と声をあげている。

次にボッソはこぶしをふりあげ、ロバを一頭、ステージから四、五メートル上にうかせた。ロバは四本の足をバタバタさせて、必死に逃《に》げようとしている。「ロバがかわいそう」観客が息をのむなか、リーラがささやいた。

つづいて、おびえた顔のピエロが、だれかにおされたかのように、ステージのそでからつんのめりながら登場した。ボッソがテーブルにおかれた棺《ひつぎ》みたいな箱に、そのピエロを閉じこめ、片手《かたて》のこぎりを持ちあげた。ピエロが目をぎゅっと閉《と》じる。のこぎりの歯はサメの歯くらい大きい。ボッソはピエロがいる箱を三つに切り分けた。まず、ひざの部分を、次に首を切る。けんめいにのこぎりを動かすボッソのまゆが汗《あせ》で光っている。カーターはあわてふためき、何かとんでもないまちがいが起こるんじゃないかとヒヤヒヤした。けれど、足がすくむようなぞっとするひとときのあと、ボッソはピエロをまた元どおりにくっつけた。ピエロはぼんやりした顔でふらつきながら、ステージから立ち去った。

ズドンッという発射音《はっしゃおん》とともに、二門の大砲《たいほう》からピエロがとびだし、ステージを横切ってあみのなかにつっこんだ。そのあと、ボッソがハトを何羽《わ》か飛ばすと、空中に舞《ま》いあ

10

がったハトはいっせいにカラスに変わり、観客の頭上でわざわいの前ぶれのようにカアカアとうるさく鳴いた。

「あの人、おもしろいわざを持っている」シオの目はステージにくぎづけだ。

「移動遊園地《カーニバル》の経営《けいえい》に必要なものは何か、みなさんおわかりになりますか？」ボッソはにっこりした。「お教えしましょう」

「まずは力！」ボッソは大ハンマー四本を真上に投げあげてジャグリングをしてから、何歩かわきにずれた。大ハンマーは空中で回転をつづけている。

「金！」巨大《きょだい》な金庫がステージに転がされてきた。運んでいるのはタトゥーベビーだ。BBボッソが金庫を回転させながら、観客に四面全部をみせる。それから、とびらを開けると、大量のお札が一気にとびでて、雨のように観客にふりそそいだ。けれど、よくみると、ほんものの紙幣《しへい》ではなく、ドル札みたいな緑色の無地の紙だ。

「生まれ持った才能《さいのう》！」ステージのわきから、セイウチ男が背《せ》もたれのある白いいすをいくつかボッソに投げわたすと、ボッソはそれを手早くつみ重ねて塔《とう》を作った。いすを受け取るたびに、重ねたいすの上に絶妙《ぜつみょう》なバランスで乗せていく。クモ女がわきからのぼって、いすの塔《とう》のてっぺんに座《すわ》った。

「念力！」BBボッソが指をパチンと鳴らすと、いすの塔《とう》がくずれおちた。クモ女は動かない。なんと、クモ女と一番上のいすはその場でういていた。

確信《かくしん》はないけれど、クモ女がこっちをまっすぐにみてほほえんでいるように思えて、カーターは客席でさらに身を低くした。

「笑い！」BBボッソは金庫にふたたび近よると、とびらを閉《し》めてから、もう一度開けた。すると、今度はお金ではなく、ポック・ピケッツがなかからひとりずつ、観客に手をふりながら順番に出てきた。

「魔法《まほう》！」BBボッソが両腕《りょううで》を広げると、手下――セイウチ男、タトゥーベビー、クモ女――がそろってステージの中央にうかんだ。「そして、なかでも重要なのは、ここにいる観客のみなさん全員です！」

天井《てんじょう》からカーテンがステージをかこむようにおりたかと思うと、次の瞬間《しゅんかん》、そのカーテンが床《ゆか》にストンと落ちて、ステージを取りかこむ巨大《きょだい》な鏡があらわになった。自分を見返す観客の姿《すがた》が映《うつ》っている。鏡があっという間にステージにあらわれたことに、だれもがおどろいてさけび声をあげている。

スポットライトが回転してステージの中央を照らすと、鏡が透明《とうめい》なガラスに変わり、

10

ボッソがあらわれた。肩《かた》にサルが乗っている。さっきいっしょにいたサーカス団員《だんいん》は全員消えていた。観客は大興奮《だいこうふん》だ。

ボッソのサルが小さな手をたたくのに合わせて、団員《だんいん》たちがふたたびステージの中央に集まった。最後に全員で礼をする。

「ありがとう、みなさん！」ボッソは声をはりあげた。「最後にひとつお知らせを。ここにいる多くの方がごぞんじのように、世界一の大きさをほこるダイヤモンド〈偉大《いだい》なるアフリカの星〉が、まさにこの町を通って運ばれます。そこでわたしは、その五三〇カラットのダイヤをとっておきのショー、〈ザ・フィナーレ・ファンタスティック〉に登場させる手はずをととのえました。明日の夜、グランドオークリゾートで行います！　ぜひ、お友だちを誘《さそ》っておこしいただき、これまでで最も目をみはるわたしの離《はな》れわざを心してごらんください！　では、おやすみなさい。ありがとう！」

スポットライトがほんの一瞬《いっしゅん》、ちらついて消えてから、ふたたび明るく照らされた。ボッソも団員《だんいん》たちももう、ステージから姿《すがた》を消していた。

HOW TO...

色当てマジックをやってみよう！

　やあ、また会ったね！　こんなに早く再《さい》会《かい》するとは思わなかったよ。読むのが速い読者ももちろんいるからね。いいぞ、その調子だ！　もっとマジックを習いたいって？　おお、すばらしい。どうぞ座《すわ》って。あ、そうか。もう座《すわ》ってるのか。よし、じゃあ、始めよう。

　マジシャンとして重要なのは、観客の前でマジックをひろうすることだ。これまできみが練習に練習をつみ重ねてきた手品で、友だちや家族（やペット！）を驚《おどろ》かせるときの気分って、ほかでは味わえない特別なものだ。期待とよろこびに顔を輝《かがや》かせる観客をみられるなら、大変でも練習をする価値《かち》はあるよね（それに、もしかすると家の手伝いをしなくてすんじゃうかもしれない）。

　そこでぼくは、何人かの観客の前でできる手品ならきみも楽しめるんじゃないかと考えた。小さい子たちはこの手品が大好きなんだ！　だから、年下のきょうだいとか、いとことか、あたりにクレヨンが散らばっている子にむけてひろうするのにぴったりさ。というわけで重さでクレヨンの色を当てるやり方を学ぼう！

用意するもの

＊クレヨンひと箱

＊観客一名

役立つヒント（練習が大事！）

　この手品はぜひ、友だちを相手に練習してほしい。そこでうまくできるようになったら、おおぜいの観客の前でもうまくできるよ。

忘《わす》れないで、一に練習、二に練習だ！

（それから昼寝《ひるね》をして、おやつを食べて、そのあとは、もちろんわかってるよね……はい、みんなでいっしょに――**れんしゅーうを、つづけよーーう!!**　バッチリだよ、みんな、かしこいなあ！）

手順

❶ 観客のひとりに、箱に入ったクレヨンをわたす（だれかにクレヨンを持ってきてもらってもいいね）。

❷ 観客に背《せ》をむけ、手を背中《せなか》にまわす。

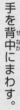

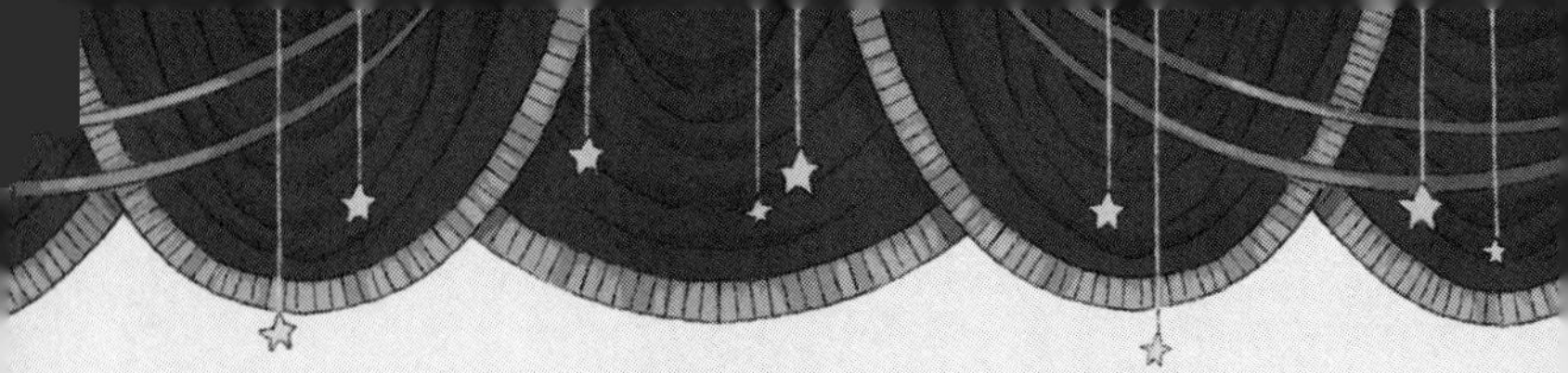

❸ 観客のひとりに一本クレヨンを選んでもらい、きみの手のなかに入れてもらう。

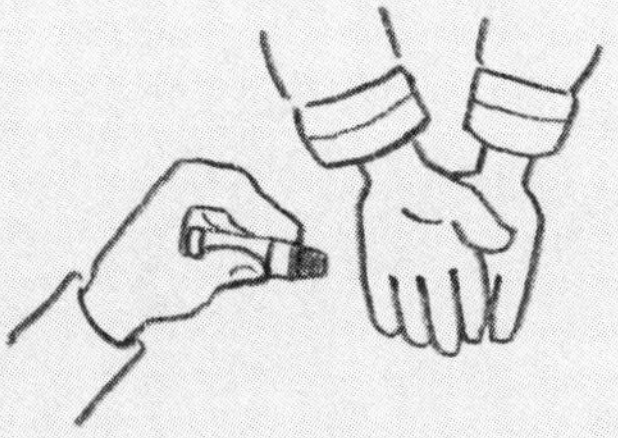

❹ ここでこんなトークをするとバッチリだ。「色にはそれぞれ特有の重さがあるって知ってますか？　練習をつんだマジシャンにだけ、そのちがいがわかるんです。たとえば、緑は黄色より重いんですよ。赤は青より重くて、黒はびっくりするほど軽いんです！」もちろん、ここはきみなりのトークを作ってくれてかまわない。大事なのは、観客をつねに楽しませること。

マジシャンのかくれた動作　その1

観客に話をしながら、クレヨンの先をつめでほんのちょっとひっかく。

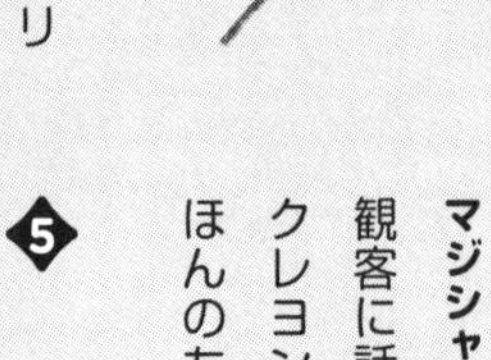

❺ 観客に背《せ》をむけて立ったまま、こんなふうにいう。
「はい、わかりました。みなさんにこっそりみるつもりだと思われないように、このクレヨンを箱のなかにもどしてください」

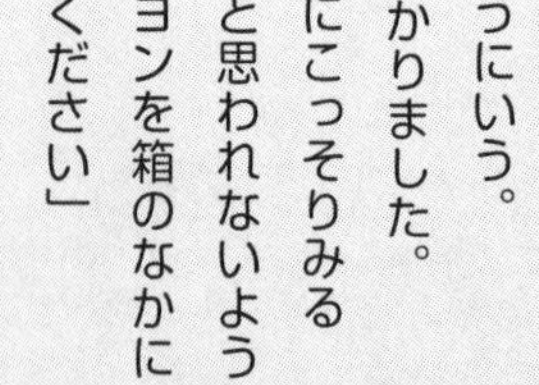

❻ ここで、観客のほうをむく。

マジシャンのかくれた動作　その2

体のむきを変えながら、
クレヨンを
ひっかいたつめを
ちらりとみれば、
どの色だったか
わかるよね！

❼ クレヨンの色を観客に発表する。
きっと、みんな驚《おどろ》いて
よろこんでくれるよ！

❽ おじぎを
忘《わす》れずにね。

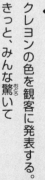

11

ELEVEN

ショーが終わると、カーターはほっと胸《むね》をなでおろした。自分も友だちもみんな無事だ。何もされてない。

おおぜいの人が表通りを歩いて、あたたかな明かりのともる自宅《じたく》へと帰っていく。ミネラルウェルズに住む半数の人が、今夜のショーをみにいっていたんじゃないかと思うほどだ。ただ、カーターが気にしているのは、いっしょにいる三人だ。カーターの不安をよそに、リーラが冗談《じょうだん》をとばしてくる。カーターは何度か、リーラの話をさえぎって孤児院《こじいん》にいたころのことをたずねそうになったし、自分の身の上についてもほんとうのことをうちあけたいと何度も思いながらも、声をあげて笑っていた。リド

11

リーとシオはうしろを歩きながら、今みてきたボッソのショーのからくりについて、熱心に意見をいいあっている。

もうすぐマジックショップに着くというところで、シオが真っ青《さお》になって急に立ちどまった。「弓がない」

シオは何度もズボンのもものあたりをさわってから、今度はタキシードの上着を調べた。弓がずれて上に移動《いどう》したのかもしれないと思ったらしい。けれど、結局どこにもなかった。

「あたしの幸運の鍵《かぎ》あけが……！」リーラががっくりと首をたれた。「いつも、前ポケットに入れているの。それが、なくなってる！」

リドリーが車いすのひじかけのなかにある秘密《ひみつ》の物入れを調べている。「リーラ、お願いだから冗談《じょうだん》だっていって。あたしにはなくてはならない手帳なの。あたしの人生があそこにつまってる」

「残念だけど」リーラの声がふるえている。「こんなこと、冗談《じょうだん》ではいわない」

カーターは心臓《しんぞう》がドキドキしはじめた。ぼくにはひとつだけほんとうに大事なものがある。肩《かた》かけカバンを開けて、奥《おく》のほうに手をつっこんだ。木の小箱がない。代わりに、紙の切れはしが出てきた。

カーターが顔をあげると、シオとリーラとリドリーもそれぞれの手に紙の切れはしをにぎっている。四枚《まい》の紙きれを合わせてみると、一枚《まい》のメモ用紙になった。そこにはこう書かれていた。

『ポック・ピケッツにちょっかいを出したむくいだ。追伸《ついしん》、カーター、おまえはそんなはみだし者たちでなく、ボッソの仲間になるべきだった！』

「ボッソの仲間になるってどういうこと？」リドリーがたずねながら、つきさすような視線《しせん》をカーターにむけた。

カーターは崖《がけ》からつき落とされ、まっ逆《さか》さまに落ちていく気分だった。「ゆうべ……仲間に入らないかって誘《さそ》われたんだ」すぐにおとなしくみとめた。

「仲間になったの？」シオがきく。

「まさか！」

「この子のいうことなんて、ひと言だって信じられない」リドリーが声をあらげた。

11

「ちょっと待って」リーラがいう。「カーターがむこうの仲間なら、同じように盗《ぬす》まれたりしないんじゃない？」

「たぶん、それもしかけのうちなのよ」リドリーはいった。「とにかくあたしたちとなかよくなって、それで、がっぽり盗《ぬす》んで、自分も盗《ぬす》まれたふりをするの」

「ぼくは盗《ぬす》みなんかしない！」カーターはさけんだ。

「へえ、そう」リドリーが大声でいい返す。「だったら、あたしはただの物好きで車いすを乗りまわしてるのよ！」

リーラとシオがカーターとリドリーのあいだに割《わ》って入った。「もうやめなよ」シオが冷静にいった。

「あの霊能者《れいのうしゃ》のおばあさんの話をおぼえてる？　あたしたちはみんなで力を合わせなくちゃいけないのよ」リーラがつけ足す。

「あんなのデタラメでしょ」リドリーが吐《は》きすてるようにいった。「そもそもカーターがあのおばあさんのところに行こうっていったのよ。もしかして、それも計画の一部なんじゃないの？」

「計画ってなんだよ？」カーターは自分を弁護《べんご》した。「ぼくは……ぼくはウソなんかついてない」今は……と心のなかでいいながら、丘《おか》の上のホテルに泊《と》まっているといってしまったことに身がすくんだ。気づくとカーターは、リーラの顔をまともにみられなくなっていた。

「それもたぶんウソよ」リドリーはつづけた。「あたし、手帳を取りもどしに行く」

「それはやめたほうがいい」カーターはいった。「ボッソは手荒《てあら》なことをするやつをいっぱいかかえてる。ひとりじゃ、とても勝ち目はない」

「じゃあ、あたしたちみんなで行こう」リーラがいう。

「四人でサーカスの一団《いちだん》に立ちむかうつもり？」シオがいった。「それより警察《けいさつ》に連絡《れんらく》して、事情《じじょう》を説明するべきじゃないかな」

「だめだよ！」カーターは思わずさけんだ。「お願い、警察《けいさつ》はやめて」

「ほら、やっぱり」リドリーがいう。「この子はどろぼうよ！」

「ちがう！　ぼくは……逃《に》げて、きたんだ」

夜がとつぜん、しんとなった。リーラとシオとリドリーがカーターをひたすらみつめる。暗闇《くらやみ》のなかにいるのに、カーターは自分だけ大きなスポットライトをあびている気がした。

「帰る家がないの？」リーラがやさしくたずねる。

11

「うん」カーターはみとめた。「おじさんがいるんだけど、あまりいい人じゃないんだ。ぼくに盗《ぬす》みをさせようとしたけど、ぼくはぜったいにやらない。だから、逃《に》げてきた。汽車にとび乗ったら、ここにたどりついたんだ。ぼくはどろぼうじゃない。けど、もし、きみたちが警察《けいさつ》を呼《よ》んだら、ぼくはきっと児童養護施設《ようごしせつ》か、もっとひどいところへ送られることになると思う」カーターはわかってくれる相手がほしくて、リーラの顔をうかがうようにみたけれど、その目にはなんの表情《ひょうじょう》もうかんでいなかった。何かの思い出にひたっているようにみえる。「ぼくはミネラルウェルズから連れ去られてしまうだろうから、もう二度ときみたちと会えなくなる。それが何よりもいやなんだ。ぼくはぜったいにきみたちのものを盗《ぬす》んだりしないし、傷《きず》つけるようなこともしない。だって、きみたち三人はぼくにできた初めての友だちだから。信じてほしい」

長い沈黙《ちんもく》がつづいた。カーターは気持ちがどんどん沈《しず》んでいくのを感じていた。新しくできた友だちは三人とも去っていくだろう。ぼくはまたひとりぼっちだ。

そのとき、予想外のことが起こった。

「信じるわ」リーラがそういって、カーターをぎゅっと抱《だ》きしめた。

「ぼくも」シオもいい、カーターの背中《せなか》をやさしくたたく。

「あたしは、信じない……」リドリーは腕組《うでぐ》みをしていった。「けど、まあ、検討《けんとう》してみてもいいわ」

「児童養護施設《ようごしせつ》や孤児院《こじいん》で暮《く》らさなきゃいけない子なんてひとりもいない。だれにだって家はあるべきよ」リーラは悲しそうにいうと、深く息を吸《す》ってからつづけた。「それより、汽車にとび乗ったの？　かっこいい！」

「きみがどんなつらい経験《けいけん》をしてきたか想像《そうぞう》もつかない」シオがいう。「とにかく大変だったね。もっと早く話してくれればよかったのにって思うけど、なかなかいいだせなかった理由もよくわかる」

「あたしは気の毒《どく》だとは思わない」リドリーは腕組《うでぐ》みをしたままだ。「ただ、あんたの人生が最悪らしいってのはわかる。そこは共感できる」そこで車いすのひじかけをこぶしでたたいた。「休戦にする？」

「うん、休戦ってことで」カーターは顔を輝《かがや》かせた。こんなにもほっとしたことはない。思いきり息を吸《す》いこむと、全身がふるえた――生まれて初めて酸素《さんそ》を吸《す》ったみたいな感じだ。「だけど、これからどうする？　自分たちのものを取り返さなきゃ」

「取り返すさ」シオがいう。「ただ、もうおそいし、みんな疲《つか》れているし、ぼくたち子ど

も四人で、悪徳サーカス団《だん》全員を相手にしなくちゃならない。朝になれば、きっと少しは冷静に考えられるようになるよ。ひと晩《ばん》ぐっすり寝《ね》て、シャワーをあびて、しっかり朝食をとれば、必ずうまくことを運べると思う」

「あたしがいおうとしてたこととはちがうけど、それでいいわ」リドリーはいった。「明日の朝一番にやろう」

「賛成《さんせい》」リーラがかん高い声を出した。「明日は土曜日だから、マジックショップに十時に集合でどう？」

全員がうなずく。

リドリーとリーラはおやすみといって、それぞれの家に帰っていった。カーターが公園にもどろうとすると、シオが声をかけてきた。「寝《ね》る場所はあるのかい？」

「自分のめんどうくらいはみれるよ」カーターはいった。思った以上にしっかりした声が出た。

「いや、だめだめ」シオは首を横にふった。「うちにおいでよ」

12

TWELVE

目をさますと、音楽が流れていた。カーターは自分がどこにいるのかを思い出し、バイオリンの音色だと気づいた。ベッドのなかで伸《の》びをする。ほんもののマットレスにコットンのシーツ、編《あ》んだ毛《もう》布《ふ》と枕《まくら》がふたつ。体をめいっぱい伸《の》ばしても、スライおじさんとたまにふとん代わりに使っていた新聞紙みたいに、足がベッドカバーからはみ出ることもない。

すきとおったカーテンからさしこむ日光が輝《かがや》いている。やわらかな風が入ってくる。

天国ってきっとこんな感じなんだろうな。そう思ったとき、ある映像《えいぞう》がカーターの頭をよぎった。白いふちどりのある赤い山小屋風の家の、小さな寝室《しんしつ》に朝日がさしこみ、階下のキッチンから父さんと母さんの声が聞こえてくる。ええと、それから……もっといろいろあったはずで……思い出せたらいいのになあ。

とても清潔《せいけつ》な客間だ。フルサイズのベッドに、生花が飾《かざ》られた小さな棚《たな》がひとつと、部屋のすみにイーゼルがおいてある。前の晩《ばん》にシオから、母親が画家だと聞いた。壁《かべ》には雑《ざっ》誌《し》の切りぬきやスケッチ、絵はがきやステンドグラスの窓《まど》の写真が何枚《まい》か飾《かざ》られている。

カーターは立ちあがって伸《の》びをした。ずいぶん長いことパジャマを着ることがなかった——スライおじさんといっしょに暮《く》らすようになる前からだ。これってすごく着心地《きごこち》がいい。そのとき、裏庭《うらにわ》からみょうな音がひびいてきた。窓《まど》からのぞくと、木でできた大きな物置《ものおき》小屋みたいなものが目にとまった。壁面《へきめん》に金網《かなあみ》がはられていて、あたりの草地に白い羽根が光の輪みたいにちらばっている。

「朝ごはんよ！」女の人の歌うような声がする。きっとシオのお母さんだ。

カーターはそっとドアに近づき、耳をおしあてた。

階下で、バイオリンが曲をしめくくる希望に満ちた音を奏《かな》でている。軽く拍手《はくしゅ》する音がして、低い声がひびいた。「みごとな演奏《えんそう》だったぞ、シオ」

「ありがとう、お父さん。ちょっと上に行って、ぼくのお客が食事におりてこられるかみ

12

てくるよ」階段《かいだん》をかけあがってくる足音と、ドアをやさしくノックする音がした。「入ってもいいかい？」

「もちろん――きみの家じゃないか」カーターはこたえてから、入ってきたシオをみてたずねた。「きみはタキシードを着ないことってあるの？」

「パジャマを着ているとき以外はない」シオはこたえた。「それより、念のため、ゆうべうちに来たときの再確認《さいかくにん》をしておこう。ぼくの両親には、きみがミネラルウェルズ・アカデミーの入学希望者で、学生部長からきみが学校を見学するあいだ、ぼくがめんどうをみるよういいつかったって話したよね」

「うん、おぼえてる」カーターはうけあった。ポック・ピケッツとのあいだに起きたことは、ないしょにしてある。シオの両親に話してしまうと、すぐに警察《けいさつ》や関係機関に通報《つうほう》されてしまいかねない。「だいじょうぶだよ。ぼくなんか、これまではるかにきわどいピンチをくぐりぬけてきたから」

「ぼくはこれから外でハトにえさをやらなきゃならないけど、きみはしたくができたら、えんりょなく下におりてきて」

「じゃあ、あの裏庭《うらにわ》の小屋にいるのはハトなんだね？」

「ハトはすごくおもしろいペットになるよ」シオは独特《どくとく》の会釈《えしゃく》をした。「では、あとで！」

部屋にはカーター用に予備《よび》のスリッパがあった。バスルームの石鹸《せっけん》は貝の形をしている。カーターは気持ちのいいあたたかいシャワーをゆっくり浴びてから（人生で最高のシャワーだった）、階下へむかった。廊下《ろうか》のスカイブルーの壁《かべ》には、イタリア・オペラのポスターが白い額《がく》に入れて飾《かざ》ってある。写真の入った額《がく》もあった。幼《おさな》いころのシオが、シオにとてもよく似《に》たほかの四人の子どもにかこまれている。きょうだいだ！　とカーターは気づいた。けど、変だな。シオからきょうだいの話はまったく聞いていない。学力優秀者《ゆうしゅうしゃ》の賞品《しょうひん》や卒業証書《しょうしょ》が芸術《げいじゅつ》作品にまじって飾《かざ》ってあり、それぞれにちがう名前が記されている。きっとシオのお兄さんとお姉さんたちのものだろう。

階段《かいだん》をそうっとおりていくと、暖炉《だんろ》の上の壁《かべ》にトランペットがかかっているのが目に入った。革《かわ》のソファのそばには、本が塔《とう》のようにきれいにつみ重なり、その上にランプがかんむりみたいにおかれている。一番すごいのは、どれをとっても清潔《せいけつ》なにおいがすることだ。何年も路上や移動途中《いどうとちゅう》の安宿で過《す》ごしてきたカーターは、いいにおいのするものになじみがなかった。

「座《すわ》って、カーター」シオのお母さんがやさしくすすめる。それから、カーターの前に半《はん》

12

熟卵《じゅくたまご》をおいた。卵《たまご》がのった小さな陶器《とうき》のカップは、シオのお母さんが描《えが》いた花があしらわれている。小さな銀のスプーンもそえられた。「ゆうべはよく眠《ねむ》れた？」シオのお母さんは背《せ》が高く、上品な顔立ちで、シオのりんとしたたたずまいはお母さんゆずりなのだとよくわかる。きれいな白いブラウスにやわらかいデニムのパンツ姿《すがた》で、パンツにはいろんな色の絵の具がとびちっていた。髪《かみ》をうしろでまとめ、折りたたんだ緑のペイズリー柄《がら》のバンダナでおさえている。

「これまでで一番ぐっすり眠《ねむ》れたと思います」カーターは正直にこたえた。

「あら、とてもうれしいわ。上の子たちはもう全員、家を出てしまっているから、部屋が役立てられてよかった」

カーターはスプーンで卵《たまご》をつきさそうとして、卵《たまご》がゴルフボールに変わっているのに気づいた。シオがいたずらっぽい笑《え》みをうかべている。

「シオ」シオのお母さんがたしなめた。「食事の席でマジックはだめよ」

「そのいい方、ヴァーノンさんにそっくり」シオはそういってから、カーターの卵《たまご》を元にもどした。

「息子《むすこ》の話だと、きみはしばらくミネラルウェルズに滞在《たいざい》するそうだね」シオのお父さんが話しかけてきた。やさしいまなざしで、黒い髪《かみ》に白髪《しらが》が混《ま》じっている。

「そのつもりです」

「それなら……ここを気に入ってくれるといいが」

「もうすっかり気に入っています」

「ミネラルウェルズ・アカデミーは一流の学校だ。すぐれた音楽カリキュラムが組まれている。きみはどの楽器を演奏《えんそう》するのかね？」

「全員が楽器を演奏《えんそう》するわけじゃないよね」シオが口をはさんだ。カーターのほうをむく。

「ぼくの父さんは地元の交響楽団《こうきょうがくだん》で指揮者《しきしゃ》をしているんだ。世のなかに音楽がもっととけこんでほしいと願っているんだよ」

「シオ、そこのところをおまえはまちがえている」シオのお父さんがいった。「世界は音楽であふれている。ただ、大半の人がそこまで気づいていないだけだ」そこで、カーターの手をポンポンとやさしくたたいた。「どれかひとつ楽器を選ぶといい。決して後悔《こうかい》はしない」

✦ ✦ ✦

12

ヴァーノン氏のマジックショップにむかう道すがら、カーターはいった。「ほんとはいろいろ心配すべきなんだけど、きみがゆうべいったこと、まさにそのとおりだった。ひと晩《ばん》ぐっすり寝《ね》て、温かいシャワーをあびて、しっかり食事をとったから、ぼくは今、最高の気分で――なんにでも立ちむかっていけそうだ。ボッソにだって」

「きみの気分がよくてうれしいよ」シオがいう。「ただ、そうならないことを願おう」

ボッソの手下が町をうろついているかもしれないので、ふたりは警戒《けいかい》しながら歩いた。ところが、表通りに出ると、おおぜいの買い物客や観光客にはさまれ、気づくと身動きが取れなくなっていた。「この人たちはだれなの?」カーターはきいた。

「観光客さ」シオは説明した。「暖《あたた》かい週末はいつもおおぜいの人が集まる。みんな丘《おか》の上のホテルに泊《と》まっていて、昼間、買い物におりてくるんだ」

「そりゃあ、文句なしだね」カーターは皮肉った。「みんないいカモだ。ボッソとサーカス団員《だんいん》たちは今夜、盗《ぬす》みほうだいだよ」

「きみはほんとうにボッソのことがきらいなんだね」シオがいう。

「あの人をみてると、おじさんを思い出すんだ。あの人のほうが千倍ひどいけどね。ぼくのおじさんは食べるために盗《ぬす》みを働いていたけど、ボッソは強欲《ごうよく》なだけだ。なんとしてもあいつと手下の悪事を止めなくちゃ」そのとき、何かがカーターの頭の奥《おく》のほうをくすぐった。ボッソの下《もと》で働くピエロたちのことがうかんできそうになる……。

シオが口をはさんで、カーターの注意がそれた。「まずは自分たちのものを取り返すことに集中したほうがいい。取りもどしたら、警察《けいさつ》に通報《つうほう》する証拠《しょうこ》を手に入れよう。それなら、きみがめんどうに巻《ま》きこまれずにすむし、ほかの被害者《ひがいしゃ》を安全に助けることもできる」

シオとミネラルウェルズの通りを歩きながら、カーターはおもむきのある古い町なみをあらためてじっくりながめた。これまでいろんな場所に行ったけれど、ミネラルウェルズはほかにはない美しい町だ。赤い消防車《しょうぼうしゃ》が、消防署《しょうぼうしょ》のあけはなたれた車庫のなかできらめいている。理髪店《りはつてん》には赤と白のストライプのサインポールがあり、気さくな理髪師《りはつし》が通りを行きかう人に手をふっている。アイスクリーム店では、カウンターではたらく男女がうすい紙の帽子《ぼうし》をかぶって、特大のサンデーを作っている。町の人はみんな笑顔《えがお》だ。ほんとうにこの町は最高だ。

ふたりがヴァーノン氏の店に入っていくと、インコがさけんだ。「ミャー、ミャー。あたしはネコよ」

「あの鳥、おもしろい」カーターはいった。

「そうかい?」ヴァーノン氏がやさしい笑《え》みをうかべて返す。カウンターのうしろからふってわいたようにあらわれていた。昨日とはまたべつのおしゃれな黒いスーツ姿だ。「あのおじょうさんは、たしかに頭がいいよ。大半のキエリボウシインコ(黄色い首のアマゾンオウム)は知能《ちのう》の高い動物で、人間の話す言葉やイントネーションをまねる、なみはずれた能力《のうりょく》を持っているんだ。ホテルや店のドア係と同じくらい完成されている。きちんとした訓練をすれば、秘密《ひみつ》のメッセージを伝えることも可能《かのう》だ」

「あの、リーラは起きていますか?」シオが礼儀《れいぎ》正しくたずねた。

「とっくに起きて活動中よ」頭上からリーラの声がする。

カーターとシオが上をみると、リーラが南京錠《なんきんじょう》のついた鎖《くさり》にぐるぐる巻《ま》きになって、六メートル近い高さの天井《てんじょう》から逆《さか》さまにぶら下がっていた。「だれかストップウォッチで計って」

ヴァーノン氏が自分の懐中《かいちゅう》時計を持ちあげた。カチッと音をさせていう。「どうぞ始めて」

リーラは体を大きくゆらしたり、ふるわしたりして、しきりに動いている。

「あれって安全なんですか?」カーターはたずねた。

12

「いい質問《しつもん》だ」ヴァーノン氏はこたえた。「ふつうなら、安全とはいえないが、リーラはかなりの熟練者《じゅくれんしゃ》だからね。もっとも、父親としてはヘルメットをかぶらせるべきだな」そこでジャケットから小さいノートを取り出し、ヘルメット、とすばやく書きとめ、またしまう。

ドアに取りつけられた小さなベルがカランと鳴って、リドリーが車いすを動かして入ってきた。

「やあ、やあ、今日の調子はどうだい？」インコのプレストがきく。

「やっほー、プレスト」リドリーは手をのばしてインコの黄色い首をなでた。「おはようございます、ヴァーノンさん」

「おはよう、ミス・ラーセン。三十秒経過《けいか》だ、リーラ」

「制限時間《せいげん》一分で挑戦《ちょうせん》してるとこ」リーラはもがきながらこたえた。鎖《くさり》が一本、錠《じょう》といっしょにするりと床《ゆか》に落ちる。「だけど、あたしの幸運の鍵《かぎ》あけがないときつい」

「幸運の鍵《かぎ》あけをなくしたのか？」ヴァーノン氏がたずねた。

「なくしたんじゃありません」シオがこたえた。「盗《ぬす》まれたんです」

「ボッソの手下に、昨日の夜、遊園地で」リドリーがつけ足す。

「心配かけたくなかったの」リーラはつづけた。

「ほんとうに彼《かれ》らのしわざなのか?」ヴァーノン氏がきく。

「まちがいありません」シオがポック・ピケッツの書いた紙きれをカウンターにおいて
ヴァーノン氏にみせた。「やつらはぼくたち四人それぞれから宝物《たからもの》を盗《ぬす》んで、メモを残し
たんです」

「きみたちをはみだし者呼《よ》ばわりするなんて、じつに失礼だな」ヴァーノン氏はいった。

「それに、人のものを盗《ぬす》むのは下品な癖《くせ》だ――ガムをくちゃくちゃかむのもそうだが」

「お父さん、盗《ぬす》みはガムをかむより悪質《あくしつ》よ」リーラがいった。またべつの鎖《くさり》と南京錠《なんきんじょう》がす
るりとはずれて、音を立てて床《ゆか》に落ちた。それでもまだひと組、鎖《くさり》と南京錠《なんきんじょう》が残っている。

「六十秒経過《けいか》だ」ヴァーノン氏がリーラにいう。

「ああ、もう、がっかり」リーラがうめいた。

「移動遊園地《カーニバル》の従業員《じゅうぎょういん》がきみたちのものを盗《ぬす》んだというのは残念だ。だが、物ならまだ替《か》
えがきく」

「あの人たちは従業員《じゅうぎょういん》じゃありません」とリドリー。「カルテットです」

「よけい悪い」ヴァーノン氏が大声をあげた。

12

「じつは、ぼくが盗《ぬす》まれたものは、替《か》えがきかないんです」カーターはいった。「ひとつしかないんです、ほんとうに。ぼくにはすごく大事なもので……」

「ぼくは自分の弓に深い思い入れがあるわけじゃないけど、取り返したいです」とシオ。「あれがないと、うまく物を空中にうかせられないから」

「あたしはあの手帳に何か月もこれだっていうアイディアを書きためてある」リドリーは両手でげんこつを作って、なぐるまねをした。「もう一度最初から書くくらいなら、だれかの頭をなぐりつけるほうがまし」

「いや、なぐりあいをすることはない」ヴァーノン氏はいった。「もっと賢《かしこ》い解決法《かいけつほう》があるんじゃないかい？」

「あの人たちはグランドオークリゾートに滞在《たいざい》してる」リーラが釣《つ》りざおにかかった魚みたいにゆれながらいった。「だから、泊《と》まってる部屋がわかれば、こっそりしのびこんで、あたしたちのものを取り返せるかも。だれにも気づかれずに」

「悪くはないな」ヴァーノン氏はいった。「少数のグループでしのびこむなら、二手に分かれたほうがいい。一組が悪者たちの見張《みは》りを、もう一組が盗《ぬす》まれたものを取り返す。もちろん、たとえばの話だ。わたしはそういう行いを許《ゆる》しているわけじゃない」ヴァーノン氏はカーターに片目《かため》をつぶってみせた。

最後の南京錠《なんきんじょう》がはずれ、残っていた鎖《くさり》が床《ゆか》に落ちた。リーラは足のほうへ手をのばし、足首にはめていた手錠《てじょう》をはずすと、ベテランの曲芸師《し》みたいに床《ゆか》にピタッと着地した。

「タイムは？」

「一分四十二秒」とヴァーノン氏。「幸運の鍵《かぎ》あけをなくしたにしては上出来《じょうでき》だ」

「でも、大したタイムじゃない。あの鍵《かぎ》あけをなんとしても取りもどさなきゃ」

「そういえば、もうひとりのヴァーノン氏が、昼食時間に鼻持ちならないピエロたちにまた食事を作らないといけない、といっていた。ということは、その人たちの部屋をさがすのにうってつけの時間があるかもしれない」ヴァーノン氏はいった。「たぶん、ほかの人の客室にまちがって入ったとしても、それはあくまでまちがいであって、違法《いほう》ではない。おぼえておくといい。ま、念のためだが……」

「ヴァーノンさん、ひょっとしてぼくらに――」シオがいいかけた。

ヴァーノン氏はあわててさえぎった。「とんでもない！　そんなつもりは毛頭ない！ただ、正真正銘《しょうしんしょうめい》のはみだし者グループなら、そういうとんでもない計画を思いつくだろうと思ってね」そこで店内を横切るように移動《いどう》し、棚《たな》にある箱をひとつ、ポンとひとたた

12

きしておろした。カツラや帽子《ぼうし》やメガネがいくつか箱からこぼれ落ちる。「あっ、しまった。わたしはほんとうに不器用で困《こま》る。リーラ、悪いがみんなで床《ゆか》に落ちたのをひろってもらえるかい？　よければ、どれでも自由に使ってくれてかまわない。みた目を変えると、きわどい状況《じょうきょう》のときに便利だと思うこともよくあるからね」

カーター、リーラ、シオ、リドリーの――はみだし者――四人は、いたずらっ子みたいな笑《え》みをうかべて、顔をみあわせた。

13

THIRTEEN

この本に十三章はないよ。たぶん、きみも知ってると思うけど、十三はとても不吉《ふきつ》な数字だからね。ぼくは運を信じてはいないけど、魔法《まほう》は強く信じている。（前にもいったけど）魔法《まほう》は大きさも形もさまざまだ。だから、たまに悪い形をとることもある。たとえば、自分の足につまずくとか、階段《かいだん》から転げ落ちるとか、単純《たんじゅん》に勉強するのを忘《わす》れて、大事な試験でひどい点をとるとかね。あ、そうか……やっぱりぼくは悪運を信じている気がする。

ただ、それはここでは関係ない。大半のビルに十三階がないのといっしょで、この本にも十三章はおかないことにしようと思う。その代わり、この時間を利用して、待

13

ちに待ったトイレ休憩《きゅうけい》をとってかまわないよ。さあ、行って。待ってるから。

……

あれ、もう行ってきたの？　そりゃ、早かったね。

手は洗《あら》ってきた？　なにしろ、ここから今までにないスピードでページをめくることになるからね！

14

FOURTEEN

一時間ほどたったころ、はみだし者《ミスフィッツ》四人はグランドオークリゾートの敷地《しきち》内の車道を進んでいた。カーターはホテルのすごさに圧倒《あっとう》され、気づくとあちこちにつまずきそうになりながら歩いていた。丸石をしいた道の両側には、彫像《ちょうぞう》や噴水《ふんすい》があって、動物園でよくみる動物の形に刈《か》りこまれた低木が植えられている。今日も晴れてぽかぽか陽気だ。緑の葉っぱでできたキリンの下をくぐりながら、カーターはいった。「こんなところ、来たことがない」

日中の光に包まれ、丘《おか》の上の建物群《たてものぐん》は白くきらめいている。その真ん中に、広々とした三階建ての山小屋風のホテルが立っていた。どの階も大きな窓《まど》が十三あるのが特《とく》

14

徴《ちょう》だ。リーラの話では、ここに大半の客が泊《と》まるという。山型の屋根が連なり、壁《かべ》の角には小塔《しょうとう》がはり出し、窓《まど》には緑と白のストライプもようの日よけが出ている。煙突《えんとつ》が六本、ギザギザした形の屋根からつき出し、中央にはドーム型《がた》の塔《とう》があって、その上でシンプルな風向計が弱い風にゆれている。道が上り坂になった。坂の上に屋根のついた車まわしがあり、そこから本館の中央に直接《ちょくせつ》入れるりっぱな通路があった。広い正面玄関《げんかん》の奥《おく》には、入口からは見えないが、大きなレストランと、さらに大きい劇場《げきじょう》がある。

周囲《しゅうい》には本館より小さい建物《たてもの》がいくつか立っていた。どれも入口のすぐ外の壁《かべ》に、横長の白い案内板がかかり、黒い文字が書いてある。トレーニングジム、ダンススタジオ、インドアクライミング、読書室、ロープコース、ティールーム、鉱泉《こうせん》(ミネラルスパ)、しぼりたてジュースの店、まだまだある。それらの建物《たてもの》は全部、迷路《めいろ》みたいに入り組んだ石の通路でつながり、その上を藤棚《ふじだな》がアーケードのようにのびている。黒いスレートが、印《いん》象的《しょうてき》な形の屋根をおおい、緑のよろい戸が窓《まど》のアクセントになっている。

グランドオークリゾートはとにかく大きくてりっぱなところだった。

乗馬に挑戦《ちょうせん》したければ、できるし、社交ダンスだって、ちゃんと教えてもらえる。泥風《どろぶ》呂《ろ》に入って十歳若返《さいわかがえ》りたいって人がいれば……まあ、それも可能《かのう》だ。七層《そう》のチョコレートケーキが食べほうだいのビュッフェもある……しかも朝食で！　だけど、多くの人が口をそろえていうのは、グランドオークリゾートの一番のおすすめは、毎晩《まいばん》、食事のあとに本館のステージで行われるショーだ。平日は、ホテルのスタッフや宿泊客《しゅくはくきゃく》が自分の得意《とくい》な芸——歌やジャグリングや踊《おど》り——をひろうする。けれど、週末には大きな出し物——有名なバラードの歌手や、コメディアン、音楽家、そして、今をときめくマジシャン——がステージに登場する。

「とにかく豪華《ごうか》よ」リーラが三人を連れ、動物の形に刈《か》りこまれた庭木の列の最後を通りすぎながらいった。「パパがこのホテルのコックになってから、あたしもときどき厨房《ちゅうぼう》に出入りするようになったの。だから、ここのことはよく知ってる。施設《しせつ》が営業《えいぎょう》していない時間に、空いてる部屋をみつけて脱出《だっしゅつ》の練習をしてるの。今はまったく使われていない建《たて》物《もの》も一棟《ひとむね》あるのよ！　それに、施設《しせつ》の裏《うら》の森のそばに迷路《めいろ》みたいな庭園もあって、人がよく迷子《まいご》になるから、救出《きゅうしゅつ》が必要なの」

カーターは正面玄関《げんかん》の巨大《きょだい》な円柱をみあげている。リーラはポーターに手をふった。年配の男のポーターが引きつった笑《え》みをうかべて、りっぱなドアを開けてくれる。「ありがとう、ディーン！」リーラはそういうと、ホテルの豪華《ごうか》さに足がすくんでいるカーター

14

の手をつかんで、なかに引っぱっていった。
ロビーはかなり混《こ》んでいた。体つきも肌《はだ》の色も年齢《ねんれい》もさまざまな人たちが行きかってい
る。観光客が案内デスクでハイキングツアーの相談をしたり、中古家具やアンティーク小
物を売っている店についてたずねたりしている。ちなみに、ヴァーノン氏のマジックショッ
プの飾《かざ》りつけの多くは、ミネラルウェルズの小さい農家や、個人《こじん》の家で元々使われていた
ものだ。もうガラクタだからって物を捨《す》てる人もいるけど、それを宝物《たからもの》だと思う人もいる。
エレベーターのとびらが開閉《かいへい》するたびに、食事や運動や遊びにむかう家族が続々とおり
てきて、またべつの家族が乗りこんでいく。子どもたちがしずくのたれる水着姿《すがた》のまま、
木の階段《かいだん》をかけ足で上り下りして屋内プールと大食堂《しょくどう》とを行き来《き》している。
スーツケースを山のようにつんだ真鍮《しんちゅう》の荷物カートが横をスーッと通っていった。眼帯《がんたい》
をした子どもがひとり、一番上のカバンに乗って、海賊《かいぞく》気分で声高《こわだか》に命令している。階段《かいだん》
を上がりきったところには、三メートル近くありそうな後ろ足で立つグリズリー（ハイ
イログマ）のはく製《せい》がある。つめを立ててはいるけど、サングラスをかけているせいで、
ちっともこわそうにみえない。
ロビーの中央では、おそろいのチェック柄《がら》のジャンプスーツを着た男の子と女の子のふ

たり組が、小さな鏡張《ば》りのステージでタップダンスをひろうしていた。まわりを宿泊客《しゅくはくきゃく》が取りかこんでみつめている。踊《おど》っているのは双子《ふたご》かな、とカーターは思った。おそろいの服と、髪《かみ》の色や顔つきのせいでそうみえるのか、それとも、ふたりがくり返す足の動きが軽快《けいかい》でぴったりそろっているからなのかはわからない。目もくらむような速さで靴《くつ》をコツコツいわせたり腕《うで》をふったりしているのに、ふたりともまったくミスをしない。

一曲終わると、ふたりはすぐに次の演目《えんもく》に移《うつ》った。「なあ、イジー、タップ（TAP）ダンスをするチョリソーの一座《いちざ》をなんていうか知ってる？」男の子がたずねる。

「知らないわ、オリー」女の子がこたえた。「なんていうの？」

「タパス（TAPas）さ！」オリーの靴《くつ》が床《ゆか》をタップする。コツ、コツ、コツ。（タパスはスペインのおつまみ料理のことだよ。おつまみとくれば、スペインの辛《から》いソーセージ、チョリソーだよね！）

「あれはオリーとイジーのゴールデンきょうだいよ」リーラが手をふりながら、カーターにいった。「すごいコンビなの。両親もこのホテルで仕事をしてる。お父さんはコメディの手法を教えていて、お母さんは社交ダンスの講師《こうし》よ。あたしたちはマジックが得意《とくい》だけど、あのふたりは人を笑わせる天才よ」

14

「あたしなんて、あのふたりのショーを初めてみたとき、あまりにもおかしくて涙《なみだ》を流して笑ったもん」リドリーもいう。「ふだんはぜったい泣かないけど」

「逆《ぎゃく》に、あまりに泣きすぎて笑っちゃった人っているのかな？」シオが考えている。

「コホン、答えをみつける手伝いをしてあげられるけど？」リドリーが車いすのひじかけを手の指でコツコツたたいた。

「あっ、ハハハ」

「あたしは幸運の鍵《かぎ》あけを取り返せなかったら泣いちゃう」リーラがいった。カーターは心臓《しんぞう》がドキドキしてきた。ポック・ピケッツに大事な木箱をこわされたり捨《す》てられたりしたらどうしよう？「さあ、行くわよ」リーラが三人の先に立ってコンシェルジュのところに行った。おしゃれなパンツスーツ姿《すがた》の、とてもきれいな女性《じょせい》で、銀色の名札にクイン（Ｑｕｉｎｎ）と書いてある。「ハイ、キュー（Ｑ）」リーラがハグしてからきいた。「調子はどう？」

「上々よ！　この週末は楽しいことがつづいているもの。グランドオークリゾートは満室だし、みんな、今夜のボッソの一大ショーの話題でもりあがっているわ。ボッソ氏があのダイヤモンドをどうするのか、ほんと、みものね。ひょっとしたら、もっと大きくなったりして！」

「じゃあ、ぜったいにサインをもらわなくちゃ」リーラは皮肉っぽくいいながら、あきれた表情《ひょうじょう》をしないよう必死にこらえた。「パパが今日、その一行に昼食を作るっていってたんだけど、時間と場所はわかる？」

「もちろん」クインはこたえた。「わたしの仕事だもの！　ボッソ氏ご一行は午後一時に〈提督《ていとく》の間〉で昼食の予定よ。でも、その前に会えるわよ。みなさん、屋内プールのプールサイドでくつろいでいるところだから」それから、前かがみになって声を落とした。「わたしが話したって本人たちにいわないでもらえる？　このところちょっと興奮《こうふん》しやすいから」

「わかった。親切にありがとう」リーラは三人を連れて、ロビーのすみに移動《いどう》した。「さてと、どうする？」

「まずは着がえ」リドリーがひざに乗せたダッフルバッグをたたいた。なかにヴァーノン氏から借りた小道具《こどうぐ》がつまっている。「それから、二手に分かれて目的をはたす」

「いうことなし」カーターはいった。「さっさと取り返そう」

14

「ここから出るの、やだよ」カーターはトイレのドアのところで泣き言をいった。「ねえ、変装用《へんそうよう》の服、ほんとにこれ以外にない？」

「この四組しか持ってこなかったもん」とリーラ。「それぞれに一組ずつ」

「早くして」リドリーがいう。「悪者たちがプールで波風を立てているうちに、こっちも急いでやらないと」

カーターはよろよろしながら、ロビーのわきの廊下《ろうか》に出てきた。「こんなかっこう、バカみたいだ」

リーラとリドリーがふきだした。「目立ちたくないっていったのはきみだろ」シオがにっこり顔でいった。「そのかっこうならまちがいないよ」

カーターはシャツとズボンから、緑の競泳用水着と、緑のゴーグルと、緑の水泳帽《すいえいぼう》に着がえていた。

ほかの三人もとっくに着がえをすませていた。シオはポーターの制服姿《せいふくすがた》、リドリーはおばあさんのかっこうだ（仕上げに、白いかつらとおばあさんぽいメイクをしている）。

リーラはヒマワリ柄《がら》のワンピースの水着に、布《ぬの》でできた小さな花と真珠《しんじゅ》の飾《かざ》りのついた水泳帽《すいえいぼう》を合わせている。

「交換《こうかん》しない？」カーターはシオにたずねたが、首を横にふられた。

「そんなにいやなら、あたしが交換《こうかん》してあげる」リーラがクスクス笑っていう。

「とにかくさっさと終わらせよう」カーターはいった。

四人は屋内プールに行き、全員でさぐりはじめた。

ひとりずつ順番に、時間をずらしてガラス張《ば》りのアトリウムに入っていく。最初にシオが仕事をするふりをしながら入り、次にリドリーがサンルーフの下に休憩《きゅうけい》できる場所はないかときょろきょろしながら入った。リーラはかけこんでいくと、そのままプールに飛びこんだ。カーターは歩いて入口に足をふみ入れたところで固まった。こんなにすごいところはこれまでみたことがない。

外はのどかな春の陽気だけれど、アトリウムのなかは天井《てんじょう》からさしこむ太陽の光に肌《はだ》があたためられ、汗《あせ》ばむくらいだ。あたりは二度あげのフライドポテトと、日焼け止めローションと、塩素《えんそ》のにおいがただよっている。聞こえるのは、水しぶきと笑い声だけ。

熱帯地域《ちいき》のラグーンみたいな形をしたプールには、高さのちがう三つの飛びこみ台と、

くねくね曲がったすべり台、ロープスイング、滝《たき》、温水風呂《ぶろ》（これは大人用で、午後五時以降《いこう》に利用できる）がある。白いシャツにズボン姿《すがた》の給仕《きゅうじ》が、プールサイドにおかれたラウンジチェアのあいだをぬうように歩きながら、フローズン・レモネードやナチョスをせっせと運んでいる。ここはまるで、水しぶきにけむる楽園だ。

カーターはみるものすべてに圧倒《あっとう》され、自分が入口をふさいでいることに気づかなかった。大男が真後ろから呼《よ》びかける声がする。「おい、おまえ……」

恐怖《きょうふ》がカーターの全身をかけめぐった。ボッソだ。

15

FIFTEEN

ボッソがカーターの頭上にそびえたっていた。今日は白いタンクトップに、黒と白のストライプ模様《もよう》の水泳用トランクスというかっこうで、大きな毛深い足に二サイズは小さそうなゴムぞうりをはいている。ボッソとカーターは張《は》りつめた空気のなか、数秒間たがいをじっとみた。カーターはボッソが自分に気づくのを待った。ひどく痛《いた》めつけられるだろうとかくごする。

ところが、ボッソは怒《おこ》った声で「そこをどけ。じゃまだ」というと、待たずにカーターをおしのけて立ち去った。

「ぼくに気づかなかった」カーターは小声でひとりごとをいった。リーラが準備《じゅんび》してくれた変装《へんそう》が役に立ったんだ。ボッソはぼくがだれかぜんぜんわからなかった。

カーターはプールにむかって走ると、体を大砲《たいほう》の弾《たま》みたいに丸めて飛びこんだ。大きな水しぶきから顔を出したあと、プールのなかほどでリーラと会い、ふたりでボッソとサーカス団員《だんいん》たちがいすわっているプールサイドのほうへ泳いでいった。二匹《ひき》の小さなカエルみたいに、水面から顔を出し、ゴーグルをはめた目でプールのむこうをのぞく。

ボッソたちはプールの深いほうのプールサイドを独占《どくせん》していた。お酒のカウンターがそばにあって、デッキチェアがならんでいる。ボッソはその真ん中で、あおむけに寝《ね》ころんで目を閉じていた。ばっちりメイクをしたピエロがふたりで、ボッソをあおいでいる。白い汗《あせ》がふたりの顔からにじみ出て、玉になって首すじを流れ落ちていく。ボッソの指にはめられたエメラルドの指輪がきらりと光ったかと思うと、その手が小さい傘《かさ》ののった白いカクテルをつかんだ。そのそばで、黒いワンピースの水着姿《すがた》のやせた女の人が日光浴をしている。カーターはすぐに、よけいな腕《うで》をつけていないクモ女だと気づいた。セイウチ男がボッソとクモ女のすぐうしろに立って、鶏《とり》の手羽肉をむしゃむしゃ食べては、残った骨《ほね》をタイルじきの床《ゆか》にポイっと投げ捨《す》てている。

周囲《しゅうい》には大小さまざまなピエロが六人いた。首から下はふつうの水着姿《すがた》で、首から上は

15

しっかりピエロのメイクをしてくつろいでいる。

「ねえ、みて」カーターがリーラにささやいた。警官《けいかん》の制服姿《せいふくすがた》の男がボッソのほうへ歩いていく。

「あれはショー保安官《ほあんかん》よ」リーラがこたえた。「ここで何してるのかな？」

ボッソが制服姿《せいふくすがた》の男に封筒《ふうとう》を手わたした。保安官《ほあんかん》はなかを開け、札束をささっと数えると、封筒《ふうとう》をすばやく制服《せいふく》にしまった。

「なんか悪徳警官《けいかん》みたい」カーターはいった。「ボッソにやとわれてるのかな？　あれはどう考えても——」

「おかしい」という前に、カーターはリーラに水中に引きずりこまれた。

さっきからピエロたちがいぶかしげにふたりをみつめていた。リーラが水中で、ほかのふたりと合流しようと手ぶりでカーターに伝え、いっしょにヤシの木がそばにある、プールの浅いほうに泳いでいった。プールから出ると、タオルがおかれた脱衣《だつい》スペースの裏《うら》でシオとリドリーと会い、四人で顔をよせあって相談した。

「ボッソの一行は全員ここにいる」シオがささやいた。「いないのはポック・ピケッツだけだ」

「タトゥーベビーもいないよ」カーターがいう。

「いいえ、いるわ」リドリーが指摘《してき》した。「プールサイドのお酒カウンターで葉巻《はまき》をモグモグかみながら、女の人をナンパしてる」

「なかなか、やるじゃん」とリーラ。

「みんな、昼食時間まであと三十分よ」リドリーが自分の腕時計《うでどけい》を指さした。「カーター、リーラ。ふたりはあいつらの客室にしのびこんで。シオとあたしはここで見張《みは》りをつづける。もし、あいつらが移動《いどう》しようとしたら、あたしたちでできるだけ引きとめるから」

「おっ、その計画、気に入った」かすれた声がした。

「あたしも」かん高い声がつづく。「でも、あたしたちは何をすればいい？」

カーターとシオは真後ろにオリーとイジーが立っているのに気づいて、ひっくり返りそうになった。「きみたち、どこから来たの？」カーターがたずねる。

「作戦会議をみかけたからさ」オリーがいった。

「あたしたち、作戦会議ってだーいすき」イジーがつけ足す。「ただ、なんの計画かはよくわかんないけど」

「ほんとに手伝ってくれるの？」リーラがたずねた。

15

「リーラ！」リドリーがおしころした声でどなった。「もうすでにひとり、新入りがいるのよ。あとふたりなんてムリムリ！」

「多いほうが楽しい、ってあたしはいつもいってる」とイジー。

「えー、そんなこといわないだろ」オリーが皮肉った。「けど、手伝うよ。人の注意をそらすの、得意《とくい》だから」

「引きつけてくれるとありがたい」シオがいう。

「だけど、ふたりはまだボッソと団員《だんいん》の注意を何からそらすのかも知らないよね」カーターが双子《ふたご》にいった。

「そのほうがいいの」とイジー。「もし、四人がめんどうなことに巻《ま》きこまれたとしても、あたしたちは状況《じょうきょう》がさっぱりわからないっていえるでしょ」

「イジーにはむずかしいことじゃないよ」とオリー。「状況《じょうきょう》をわかってることなんてめったにないから」

「いったいどうやってボッソたちの注意をそらすつもり？」カーターはたずねた。

双子《ふたご》はいたずらっぽい笑《え》みをかわすと、飛びこみ台までかけていった。靴《くつ》をけとばすようにぬいで、タップダンスの衣装《いしょう》のまま高い飛びこみ台の上までのぼっていく。てっぺんにたどりつくと、おそろいのチェック柄《がら》のジャンプスーツを勢《いきお》いよく引っぱってぬぎ、下に着ていたおそろいのチェック柄《がら》のボディスーツ姿《すがた》になった。それから、高い飛びこみ台の先まで進み出て呼《よ》びかけた。「みなさーん、こんにちは！ 楽しんでますかぁ？」室内の音響効果《おんきょうこうか》がバツグンなので、ふたりの声がそこらじゅうにはねかえる。屋内プールにいた全員がふりかえって双子《ふたご》をみた。

拍手《はくしゅ》と歓声《かんせい》と口笛が下にいるおおぜいの人のあいだに広がっていく。

「みなさんはごぞんじかわかりませんが、このなかにスターがいます」オリーがいった。

「スター？ あの太陽みたいに夜空にきらめくやつのこと？」イジーがたずねる。

「バカだな、ちがうよ。それよりはるかに輝《かがや》いている人。人食《カニバル》いじゃなかった、カーニバルの達人、BBボッソさ！ さあ、盛大《せいだい》な拍手《はくしゅ》を送ろう」群衆《ぐんしゅう》がわぁーっともりあがってから、オリーはつづけた。「ボッソさん、次回ここを去るときに、うちのアネキを連れてってもらえるなんてことありますか？」

「はいはい、言葉に気をつけて。でないと、あんたをひっぱたく」イジーがいいながら、腕《うで》をこっけいにふりあげる。「冗談《じょうだん》はさておき、ボッソさん、あなたは一生懸命《いっしょうけんめい》働いてみんなを楽しませてます。だから、これからの十五分間は、足を投げだしてゆっくり休んで、

あたしたちにお返しさせてください」

　ボッソがいすのなかで体を起こし、にらみつけた。それから、まわりをみまわし、全員が自分をみているのに気づくと、とたんにだれもがよく知る、ゆがんだ作り笑顔《えがお》をみせる。

　オリーが四人にウィンクする。

　リーラがいった。「あたしたちへの合図《あいず》よ。制限《せいげん》時間は十五分」

「シオとあたしはここに残る」リドリーが自分のリュックをリーラにわたした。「あの芸達者な双子《ふたご》が、ボッソにしろ手下にしろ、ここにとめておけないときは、あたしたちで時間をかせぐ。ただ、どうなるにしろ、急いで」

「ボッツがどこに泊《と》まっているか、なんで知ってるの？」カーターはエレベーターのなかでリーラにたずねた。

「カーターが服に着がえてるときに、ちょっとフロントに行ってきいてきたの。ロッキー山脈《さんみゃく》のこっち側で最高のロブスターリゾットを作るパパがいる特権《とっけん》よ。ボッツと見世物芸人たちは最上階のスイートに泊《と》まっていて、残りの団員《だんいん》は同じ階の部屋よ」

「ボッツはすべてを自分の思いどおりにしたいんだ」カーターは二日前の晩《ばん》、ピエロたちが赤い小型車《こがたしゃ》で操車場《そうしゃじょう》にあらわれたときのことを思い出した。「たぶん、大事なものは自分の部屋で保管《ほかん》しようとするはずだ」

「じゃあ、案内する」リーラはいった。エレベーターのとびらが開くと、ふたりは廊下《ろうか》をちらっとのぞいた。ポック・ピケッツの四人が鼻歌を歌いながらボッツの部屋の前で見《み》張《は》っている。

「うわっ、やだもう」リーラがささやく。

「どうする？」カーターはきいた。時間はどんどんすぎていく。

「ちょろいもんよ」とリーラ。「ついてきて」

ふたりはそのままエレベーターでひとつ下の階へおりると、廊下《ろうか》をかけだし、業務用《ぎょうむよう》エ

15

レベーターの表示《ひょうじ》があるとびらに乗りこんだ。

「これで最上階の裏口《うらぐち》に着く」リーラは指をポキポキ鳴らした。

「きみがこのホテルにくわしくてよかった」カーターがいった。

「脱出《だっしゅつ》の名手っていうのは、いつでもあらゆる出口の場所を心得《こころえ》ておくべきなの。孤児院《こじいん》で学んだことよ」リーラはにっこりした。

「あのさ、いつか……その……ぼくたちが盗《ぬす》まれたものを取り返そうとしていないときに、どんなところか教えてくれないかな、孤児院《こじいん》のこと。きみとぼくは共通点が結構《けっこう》多いんじゃないかと思って」

カーターの予想に反して、リーラの顔から表情《ひょうじょう》が消えた。「あ、うん」そういうと、エレベーターのとびらの近くによっていく。

カーターは自分の顔が真っ赤《か》になるのを感じた。孤児院《こじいん》の話を持ちだすのはまずかったのかもしれない。

業務用《ぎょうむよう》エレベーターからおりると、リーラは裏口《うらぐち》の取っ手を回した。鍵《かぎ》がかかっている。すると、リーラは水泳帽《すいえいぼう》から板ガムくらいの小箱を取り出した。なかに変わった形の金属《きんぞく》の鍵《かぎ》あけがいくつか入っている。それを通用口の鍵穴《かぎあな》につっこむと、あっという間にカチッと音がして、ドアが開いた。「これはあたしの幸運の鍵《かぎ》あけじゃないけど、いつも予《よ》備《び》をひとそろい持ってるの。なんたって、優秀《ゆうしゅう》な脱出《だっしゅつ》の名人はつねに、どんなドアでも開け方を知ってないとね」

「ほんとにきみ、どろぼうの経験《けいけん》はない？」カーターがたずねる。

「前世はそうだったかも」リーラはすずしい顔でこたえた。

ふたりは用心しながらスイートに足をふみ入れた。壁《かべ》は高価《こうか》なクルミ材のはめ板張《ば》りで、風景画が金の額《がく》ぶちに入れて飾《かざ》られている。運よく、スイートのどの部屋にもだれもいなかった。リーラがサイドテーブルの上の時計を指さし、カーターをせかす。

一番近いつづき部屋にしのびこむと、巨大《きょだい》なベッドがあって、その上にはチョコバーの包みやら、空っぽのピザの箱やらが一面にちらばっている。次の部屋には、クモ女のつけ腕《うで》が何組かあった。ホテルでも最高級のグランドマスター・スイートなので、カーターはバスルームも調べてみようと思い立った。すると案の定、浴そうのなかに盗《ぬす》まれた財布《さいふ》や時計や宝石《ほうせき》があふれるほどつまっていた。「これ、こないだの晩《ばん》、しかめ面《つら》のピエロたちがサーカス列車の一両にかくそうとしてた盗品《とうひん》だと思う」カーターはいった。「車両がいっぱいでつめなかったから、新しく盗《ぬす》んだ分はここに運んだんだ」

15

リーラが小声でさけんだ。「じゃあ、きっとここにあたしたちのさがしてるものがあるわよ！」

ふたりはさっそく盗品《とうひん》の山を掘《ほ》りかえしてさがしていった。けれど、手帳も弓も幸運の鍵《かぎ》あけも木の小箱もなかった。「ここにはない」カーターはつぶやいた。体内の血が熱くなるのを感じる。

「じゃあ、どこにあるの？」リーラがきく。

「わからない」カーターはいらだった声でいった。

「この盗品《とうひん》を全部元の持ち主に返してあげなくちゃ」

「ふたりでこの量を運び出すなんてムリだよ。ぜったいにつかまる」カーターはいった。

「先に自分たちのものを取り返してから、匿名《とくめい》で警察《けいさつ》に通報《つうほう》しよう」

「でも、下のプールサイドで、ボッソが保安官《ほあんかん》にお金をわたしてるのをみたよね」リーラが怒《いか》りに声をふるわす。「あれじゃあ、あたしたちはお手上げよ」リーラは上着のポケットを軽くたたいた。手錠《てじょう》がカチャカチャいっている。「あの人たちがつかまってお手上げになってくれないと……」リーラは歯を食いしばった。

「ねえ、まだひとつ、みてない部屋があるよ」カーターがリーラについてくるよう手招《てまね》きした。最後の部屋には鍵《かぎ》がかかっていた。手書きのはり紙がドアにテープでとめられている。

立ち入り禁止《きんし》!!
室内清掃《せいそう》不要!!

「これは不吉《ふきつ》ね」リーラはそういうと、ふたたびサビついた古い鍵《かぎ》あけを引っぱりだして、作業にかかった。すると、ほどなくドアが開いた。「ウソっ! みて、あのダイヤモンド! すごく大きい!」

部屋の中央におかれたベッドの上に、ステージの見取り図と、なぐり書きの文字でうめられた黄色いメモ用紙が一面にちらばっている。その上に、世界最大のダイヤモンド〈アフリカの星〉があった。

「盗《ぬす》んだのよ」リーラがいった。「ボッソがもう盗《ぬす》んでたなんて!」

「ちがう、盗《ぬす》んではいないよ」カーターがじっくり観察している。「ぼく、ほんもののダイヤモンドとニセモノの見分け方を何年もおじさんに訓練されたんだ。スライおじさんはいつも、ニセモノを盗《ぬす》むのは時間のむだだっていってたから。このダイヤは、ほんものに

15

みえるけど、ニセモノだ」

「じゃあ、なんでボッソは複製《ふくせい》なんて――」リーラは最後までいわなかった。ふたりは同時に同じ結論《けつろん》にたどりついた。

「ボッソは今夜行うショーで、このニセモノをほんものの〈アフリカの星〉とすりかえるつもりだ」カーターが説明した。「観客の目の前で世界最大のダイヤモンドを盗《ぬす》むつもりだよ」

カーターは過去《かこ》におじさんから被害《ひがい》を受けた人たちのことを思い、自分がその悪事の手助けをしてしまったことへの後悔《こうかい》を思い返した。指の関節をポキポキ鳴らす。「ぼくたちでなんとしてもボッソを止めよう」

HOW TO…

心の声（念力）で物を動かしてみよう！

おっ、もどってきたね！　うれしいよ。きみに教えたい手品がもうひとつあるんだ。ぐずぐずしてないで——さっそく始めよう。

マジシャンは自分の秘密《ひみつ》を決してもらさないといわれている。ただし、それはマジシャン仲間になら教えているってことなんだ。それをぼくもやろうと思う。というわけで、きみが楽しめそうなちょっとした手品を教えよう。びっくりぎょうてんさせられること、まちがいなし！（そうならないなら、ひろうする相手をまちがえてるよ）。

ボッソが巨大なダイヤモンドを自分の財宝《ざいほう》のかくし場所へ移動させるつもりだってことは、もうみんな知ってるよね。そこで、心の声だけで（実際《じっさい》には糸で）、指輪を移《い》動《どう》させてみよう。

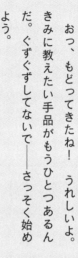

用意するもの

＊前でボタンをとめるシャツ

それを着ていること。ステージでかっこよくみえるのはいつだっていいもんだよ。黒系《けい》の色が望ましい。黒シャツならいうことなし。

＊棒状《ぼうじょう》のもの

できれば、三十センチ程度《ていど》の長さ。または、マジシャンが使う小道具のつえ（きみがほしければ）。

＊糸

きみの肩《かた》から指先までの長さと同じくらいの長さが必要。糸の色はきみが使う棒《ぼう》（または、つえ）や服と合っていること（着ている服と棒《ぼう》（つえ）の色がそろっていれば、やったぁ、ラッキー！）

＊指輪

もしかすると、観客ではめている人の指からひとつはずして借りられるかもしれないよ（ぼくなら、あまり高価《こうか》な指輪はえんりょするけど）。

役立つヒント（練習が大事！）

練習が大事って話はもうしたっけ？　した？　よかった。もういちどいわせてくれ。この手品も、ひろうする前にまずは練習！（それから昼寝《ひるね》とおやつ……）きっと、あとでぼくのアドバイスを聞いておいてよかったと思うよ。

手順 事前準備《じゅんび》

❶ 糸を棒《ぼう》（つえ）の先端《せんたん》あたりにしばりつける。

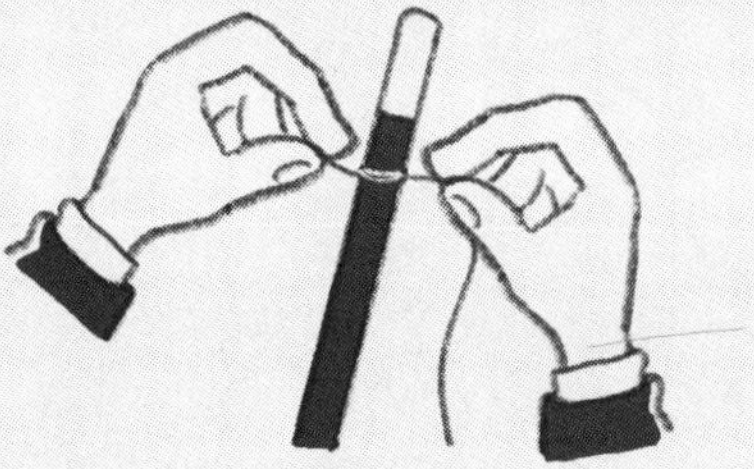

❷ 糸の反対側の端《はし》をシャツのボタンにしばりつける。

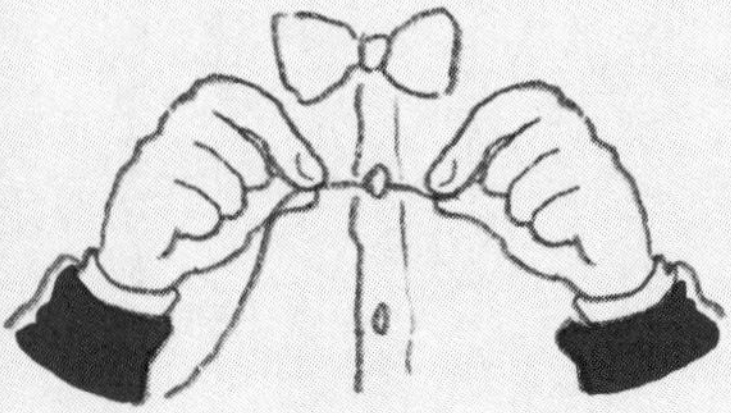

手順 本番

❸ 観客のひとりに指輪をお借りできますか、とたずねる。もし、すでにきみの手元にひとつあるなら、それを観客のだれかにわたして、しかけがないかどうかをしっかり調べてもらう。それから、返してもらう。

❹
指輪を棒《ぼう》（つえ）の先端《せんたん》
（糸をしばりつけたほう）にはめ、
真ん中へゆっくり移動《いどう》させる
（だれにも糸がみえないように！）

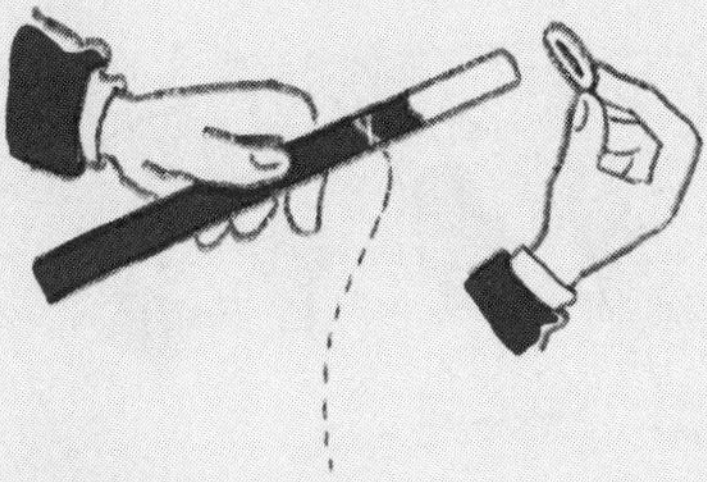

❺
棒《ぼう》（つえ）を体のそばから
ゆっくり離《はな》していく。
すると、指輪が棒《ぼう》（つえ）の先のほうに
上がっていくはずだ。
今度は棒《ぼう》（つえ）を自分のほうに
近づけていくと、指輪は下がってくる。
そうやって棒《ぼう》（つえ）を
ただ前後に動かすだけで、
指輪が棒《ぼう》（つえ）伝いに上下するのを
完全にコントロールできるってわけ！

16

SIXTEEN

ホテルの本館のロビーで落ちあったカーター、リーラ、シオ、リドリーの四人は、競《きそ》うように丘《おか》をかけおり、ヴァーノン氏のマジックショップにもどってきた。途中《とちゅう》で立ちどまってひと息つくこともしなかった。四人で店のなかにかけこむと、リーラがドアをバタンと閉《し》めた。

「アブラカダブラ！」プレストがわめいた。

カーターとシオは床《ゆか》にたおれこんでハアハアいっている。リドリーは車いすに背中《せなか》をもたれ、手で自分をあおいでいる。

「お父さん……ボッソ……どろぼう……ダイヤモンド……今夜……盗《ぬす》む」リーラはゼイゼイいいながら話した。

「とにかく落ちついて」ヴァーノン氏がカ

16

ウンターの後ろから出てきた。「深呼吸《しんこきゅう》をしてから、もう一度最初から話してごらん」

四人はいわれたとおりにした。まず、屋内プールで張《は》りこみをしたことを話し、カーターとリーラがボッソの泊《と》まっているスイートの、鍵《かぎ》のかかった寝室《しんしつ》で何をみつけたのかをすっかり話した。そのあいだじゅう、ヴァーノン氏は冷静なままだった。四人が話し終えると、ヴァーノン氏も深呼吸《しんこきゅう》してからいった。「そうか、ボビーにはがっかりだ」

「ボビーってだれですか？」カーターがたずねる。

「ああ、なんでもない」ヴァーノン氏はうろたえた声でいった。「一度にひとつずつ集中していこう。わたしはきみたちが午後とった行動を、許《ゆる》しているわけではないといったはずだ」

リーラが声をあげた。「でも、お父さんが――」

「いずれにしろ、きみたちはまちがいなく地元の警察《けいさつ》が知りたい情報《じょうほう》を持っている。ならば、通報《つうほう》したほうがいいんじゃないか？」

「そうしたいけど、できないの――」リーラがこたえた。

「――ショー保安官《ほあんかん》がボッソにやとわれていて――」リドリーがつづく。

「――ぼくたち、ボッソがお金をわたしてるのをみたんです――」カーターもいった。

「――だから、自分たちだけでなんとかするしかないんじゃないかって」シオがしめくくる。

「いいなあ、それ！」オリーは親指を姉にむけてふった。「おれなんか、こいつがいっつもあとをくっついてくるから、自分だけとかないんだよね」

「くっついてくる？」イジーが笑い声をあげた。「いっとくけど、あたしが先に生まれたんだからね！　ママのお腹《なか》から出てからずっと、あんたがあたしのあとをついてまわってるんでしょ！」

「オリー！　イジー！　いったいどこから来たの？」リーラがさけんだ。

「あのあと、どうなったのか知りたくて、四人のあとをつけてきたのさ。すごい勢《いきお》いでホテルをとびだしていったから、おれたちのツーマン・ショー（ふたり舞台《ぶたい》）の感想をきくチャンスもなかったし」オリーがいう。

「ツーマン・ショー？　それ、ワンウーマンとワンボーイ・ショーのまちがいでしょ」イジーがニヤリと笑う。

「数が増《ふ》えたみたいだな」ヴァーノン氏がほほえんだ。意外なほどおだやかだ。いや、いっそ、おだやかすぎる……。「きみたちはもはや一部隊といってもいい。だれもひとり

16

ぼっちではないようだ。きみたちをみていると、わたしもきみたちの年ごろにできた友を思い出すよ。わたしたちの勢《いきお》いはだれにも止められなかった」

「ねえ、お父さんはどうするつもりなの？」リーラがたずねた。

「わたしか？　わたしはもちろん、ショーをみにいくよ。マジシャンにとって、ほかのマジシャンの芸をみるのも大事だからね。そうやってわたしたちは学ぶんだ」

「それだけ？」カーターが思わずきいた。「ダイヤモンドのことはどうするんですか？」

「ん？」ヴァーノン氏は返した。「わたしはきみたちがなんとかするつもりなんだろうと思ったんだがね」

「するわ」リドリーがいった。「計画があるの！」

「そうなのか？　聞かせてもらおう」

「あたしたち四人で――」リドリーが話し出す。

「六人で」オリーとイジーがさえぎった。

「はいはい、わかったわよ！　あたしたち六人でボッソを止める。その方法だけど……」

リドリーがちょっとだまった。急にスタミナが切れたみたいにうなだれる。「ええと……まだ、計画の一案の大まかな構想《こうそう》があるだけで……」

「まあ、よく出来たショーっていうのは、前もって時間をかけて念入りに練られるものだからね」ヴァーノン氏はにっこりした。「慎重《しんちょう》に計画することだ。だれもぞんざいなショーなどみたがらない。この店のものは、もちろん、好きなように使ってくれてかまわない。わたしのものはリーラのものだし、リーラのものはきみたちのものだ」

「ヴァーノンさんは手伝ってはくれないんですか？」カーターがたずねた。ヴァーノン氏のそっけなさにひどく驚《おどろ》いていた。

「わたしはわたしなりのやり方で手助けするつもりだ。なにより、わたしはきみたち六人が物事をしっかり理解《りかい》していると信じているからね」ヴァーノン氏は自分のシルクハットとマントを手に取りながらいった。「冷蔵庫《れいぞうこ》に料理の残りが入っているから、自由に食べてくれ。わたしはこれから出かけてくる。もうひとりのヴァーノン氏とホテルで早めの食事をすませてから、旧友《きゅうゆう》と儀礼的《ぎれいてき》な会話をするんでね。うまくいくように祈《いの》ろう。いずれにしろ、わたしたち全員が今夜、ほんとうにすごいショーを目にするだろう」

ヴァーノン氏は店のドアにかかっている〈営業中《えいぎょうちゅう》〉の表示《ひょうじ》をひっくり返して〈終了《しゅうりょう》しました。また近いうちにお越《こ》しください〉に変えた。「リーラ、出かけるときは鍵《かぎ》をかけるのを忘《わす》れないように！　じゃあ、また」そういって、マントを派手《はで》にひるがえすと、姿《すがた》

16

を消した。ドアがひとりでに閉《し》まる。

「ふーん」リドリーが不満そうな声を出した。「なんか期待してたんだけど……もうちょっと助けてくれるんじゃないかって」

「ぼくも」カーターが小声でいう。

「これって、とんでもない状況《じょうきょう》だよ」シオがいった。「ぼくらはまだ子どもだ。いったい何ができる？」

「マジックができる」リーラがいう。

「マジックはボッソもできるわよ」リドリーが指摘《してき》した。「しかも、あいつのしかけは、ほんとうに不思議なことが起きてるようにみえる」

「でも、あたしたちにはおたがいがいる」リーラはつけ加えた。

「ボッソには見世物芸人と、ポック・ピケッツと、しかめ面《つら》のピエロたちまでついてる」

カーターが返した。「ぼくらはただの……ただの……」

「はみだし者《ミスフィッツ》！」インコがわめいた。

「失礼ね！」とリーラ。

カーターは首を横にふった。「プレストのいうとおりだ。ポック・ピケッツにいわれたとおりなんだよ。ぼくらはただのはみだし者の集まりだ。何もできない」

「いいえ、できるわ！」リーラが声をはりあげ、カウンターをこぶしでたたいた。リーラが本気で怒《おこ》るのをカーターは初めてみた。「あたしたちがはみだし者だからって、無《む》能《のう》なんかじゃない。むしろ、はみだし者だからこそ、よけいにすばらしいんじゃない？　カーター、あなたには街中で生きぬく知恵《ちえ》や知識《ちしき》があるし、手先が器用でしょ。あたしはどこからでも脱出《だっしゅつ》できる。シオはものを宙《ちゅう》にうかせることができるし、リドリーはとびぬけた頭脳《ずのう》の持ち主よ。それに、オリーとイジーは人をよろこばせる天才。おまけに、ふたりはあたしよりグランドオークリゾートのことをよく知ってる。この六人が力を合わせれば、ボッソが〈アフリカの星〉を盗《ぬす》むのを止められる」

「けど、まずい状況《じょうきょう》に巻《ま》きこまれるかもしれないよ」カーターはいった。「すごく困《こま》ったことになるかも」

「なんの危険《きけん》もおかさない人生っていったい何？」リーラはきっぱりといった。「でも、たしかにカーターのいうとおりよ。今この場で全員にぬけるチャンスをあげるべきね。うらみっこなしにしよう。もし、こわいとか、ボッソには立ちむかいたくないとか、宿題があるっていう人がいたら、今がぬけるチャンスよ」

16

〈はみだし者〉たちは無言で顔をみあわせた。

カーターはここ数日のことを思い返した。これまで自分はずっと、人のことには首をつっこまないと決め、スライおじさんがありとあらゆる悪事をはたらいては、逃《に》げおおせるのを、だまってみてきた。けれど、今こそ行動を起こすチャンスだ。自分ではなく、ほかの人を助けるために。

「ぼくは残る」カーターはいった。「ぼくには失うものは何もない」

シオがほほえんだ。「ぼくは失うものだらけだけど、今回はのがしちゃいけない挑戦《ちょうせん》って気がする」

「だれも、あたしからものを盗《ぬす》んでそのまま逃《に》げきることはできないわ」とリドリー。

「そっちのふたりはどう？　ボッソに不満があるわけじゃないでしょ」

オリーが顔をしかめた。「ボッソはイヤなやつだ。それだけでじゅうぶん不満だよ」

「さっき、ショーのあと、ふたりでボッソのところへ行って話しかけようとしたの」イジーが説明した。「だって、ほら、あたしたちも同じショーを仕事にしている人間でしょ？なのに、返ってきたのが『しっしっ、ハエども』よ。そのあと、あのセイウチ男がオリーをおしのけたの」

オリーとイジーはそろってイヤそうに首をふった。

「ゆいいつ、おれたちがどろぼうよりきらいなのは――」オリーがいいかける。

「トマトよ」イジーがしめくくった。

オリーが姉をにらみつける。

「何よ?」イジーがさけんだ。「あたしたち、トマト大っきらいでしょ!」

「トマトと、イヤなやつら!」とオリー。

イジーがしきりにうなずく。「そうそう。あたしもそれをいおうとしてた。あたしたちもやるわ」双子《ふたご》はそろって両手をこすりあわせながら、小悪魔《こあくま》みたいな顔つきでいった。

「で……どうする?」

「お父さんにいわれたように……」リーラが笑《え》みをうかべる。「計画を立てないとね」

少しのあいだ、六人は無言で立ったまま、しきりに知恵《ちえ》をしぼった。

「グランドオークの厨房《ちゅうぼう》にある朝食の残り物が全部必要になる」とオリー。

「それに大量のシロップも」イジーがつけ足す。

「カーターにかくしポケットつきのスーツを用意しないとね」とリドリー。

シオがつづいた。「あと、グランドオーク劇場《げきじょう》の楽屋にある小道具もいくつかいる」

16

「あそこの劇場《げきじょう》のカーテンを使ってできることを思いついた」リーラが鉛筆《えんぴつ》と紙をつかんで、メモをとっていく。

「次にやるべきは」カーターが口をひらいた。「アイディアを出し合って、そのすべてをうまくまとめることだ。大物のピエロの親玉にでっかいワナをしかけよう。すぐに行動に移《うつ》さないと。どんどん時間がなくなってきてる」

160億

SIXTEEN BILLION

お、また会った！　もちろん、こうなるってわかってたよね？　きみはこの本の最初の目次をものすごく注意して読んだでしょ？

読んだ？　ああ、よかった。ぼくがききたかったのはそれだけ。細かいところに気づくのは、若《わか》いマジシャンにとってとても大事だ。

ただ、早いとこ、ほかのメンバーといっしょにグランドオークリゾートを調べにいこう。さあ、急いで！　だれも待たせたくないんだ……。

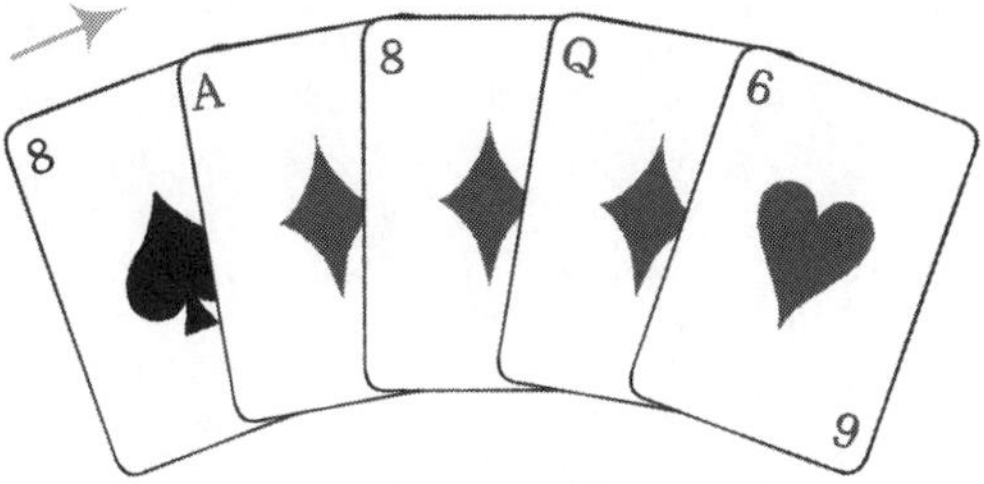

17

SEVENTEEN

はみだし者たち《ミスフィッツ》が到着《とうちゃく》したとき、グランドオークリゾートはかなりにぎわっていた。何百人もの人がボッソの最後のショーをみようとホテルにおしかけていた。昨晩《さくばん》の大テントのショーで、ボッソの話に引きつけられたのか、それとも〈アフリカの星〉に興味《きょうみ》があるのかはわからないけれど、とにかく長蛇《ちょうだ》の列ができている。

「こっちよ」リーラが特大のリュックを勢《いきお》いよく背負《せお》いながらいった。六人全員が必要なものをつめこんだ大きな荷物をかかえている。「裏《うら》の通用口から入ろう」

「裏《うら》から入るなんて、グランドオークで一番輝《かがや》かしい、前途有望《ぜんとゆうぼう》なスターには最高だね」オリーが皮肉をいった。

「心配しなくても、あたしたちのファンがサインをくれって殺到《さっとう》することはないわよ」イジーが冗談《じょうだん》をいう。

「それに、厨房《ちゅうぼう》に立ちよって、ショーに使う品物を持っていける」リドリーがつけ加えた。

六人はホテルのなかをぬけ、グランドオーク大劇場《げきじょう》にむかった。劇場《げきじょう》の入口近くまで来たとき、最初にシオがチケットの改札係に気づいた。「あ、マズい。ぼくたちチケットを持ってない」

「チケットない、カンケイない」オリーが歌うようにいった。「きみたちにはチケットよりいいものがある――おれたちさ」

「この劇場《げきじょう》のことならすみずみまで知ってる」イジーもいった。「ついてきて」

六人で廊下《ろうか》を通りぬけるとき、各出口に警官《けいかん》が立っているのにカーターは気づいた。おおぜいの警官《けいかん》をみて、また姿《すがた》を消したくなる。

劇場《げきじょう》のなかは客席もカーテンもすべてが赤いビロードで、壁《かべ》には金の飾《かざ》りがほどこされている。左後方のすみに立つ大きな円柱の裏側《うらがわ》を、双子《ふたご》について進んでいく。壁紙《かべがみ》と木のはめ板のうしろにかくれているドアをぬけると、ステージのそでらしき小さな空間に出た。天井《てんじょう》までとどくはしごと、人がひとり通れるくらいの細長い廊下《ろうか》があって、らせん状《じょう》に

17

下って暗闇《くらやみ》にとけこんでいる。「上に行くとキャットウォークよ」イジーがいった。

「キャットウォーク？」カーターは質問《しつもん》した。なんで劇場《げきじょう》にネコが歩く場所が必要なんだろう？

「ステージの上の高いところにケーブルでつられている連なった台のことよ。そこで裏方《うらかた》さんが演技《えんぎ》にあわせて照明の調整をしたり、特殊効果《とくしゅこうか》を演出《えんしゅつ》したりするの」

「ああ、なるほど」カーターはゆっくりうなずき、わかったようなふりをした。「キャット……ウォークか」

「下はオーケストラピットと、ステージ裏《うら》の床下《ゆかした》につながってる」オリーがにっこり顔でつづけた。

「今回も二手に分かれて攻略《こうりゃく》しよう」リドリーがいった。「シオとあたしはステージの下を調べにいく。イジー、オリー、ふたりはカーターとリーラを連れて上にあがって。ステージの裏側《うらがわ》で合流しよう」

カーターはリーラと双子《ふたご》のあとについてはしごをのぼっていった。手の平に汗《あせ》がにじみだす。こんなに高いところにのぼるのは初めてだ。「高い場所が苦手なら下をみちゃだめよ」リーラがふりかえってカーターに声をかけながら、細い宙《ちゅう》づりの台の上をはいだした。

もちろん、カーターはすぐに下をみた。

会場には大きなバルコニー席がひとつと、千席近い客席がある。キャットウォークの上からみると、ショーの準備《じゅんび》をしているスタッフが、歩きまわるミニチュアの人形みたいだ。とにかく前に進むんだ。カーターは自分にいいきかせた。

ステージの前方の真上に着いたところで、カーターとリーラとゴールデンきょうだいは、ボッソを驚《おどろ》かすために用意したしかけをリュックから取り出した。「ここはあたしたちが引き受ける」イジーがいった。「ふたりは先に行って。追いつくから」

リーラとカーターはうなずくと、そのまま骨組《ほねぐ》みみたいなキャットウォークをはってステージの裏側《うらがわ》にむかった。はるか下のオーケストラピットでは、楽団《がくだん》がいっせいにうるさい音を立てて、楽器のチューニングを行っている。ふたりは用心しながら、観客席とステージのあいだの赤いカーテンを引きあげるワイヤーとロープを通りこすと、やがて、見世物芸人とピエロたちの頭上にさしかかった。ちょうど真下で、ボッソの一大ショーの準《じゅん》備《び》を進めている。

リーラとカーターは気づかれないようにそっと、迷路《めいろ》のようなキャットウォークの後方にむかった。ステージ裏《うら》のはしごをおりようとしたとき、下から耳慣《みみな》れた声が聞こえた。

17

「ボビー、よく考えるんだ」ヴァーノン氏がいっている。カーターがこれまで聞いたことのない真剣《しんけん》な口調だ。「こんなことをしてつかまったら、きみは刑務所《けいむしょ》行きだ。今度は数年じゃすまない……一生出てこられないぞ」

カーターとリーラが身を乗り出すと、ヴァーノン氏と、ヴァーノン氏が話している相手──BBボッソがかろうじてみえた。

「えっ、どういうこと？」リーラがささやく。「なんでお父さんがボッソを知ってるの？」

カーターには見当もつかなかったが、気持ちが沈《しず》んでいく感覚が胃《い》をしめつけた。

「わたしを気づかうふりなどよせ」ボッソがぴしゃりといった。「もう三十年、友だちづきあいをしていないだろう」

「それはちがう」ヴァーノン氏はいった。「昔の誓《ちか》いを忘《わす》れたのか？　わたしはまだあの言葉をそっくり信じている。〈エメラルドリング〉でわたしたちは話したよな。『真の友の魔法《マジック》とは、たとえ離《はな》ればなれになっても、心に生きつづけるものから友をずっと切り離《はな》してはおけないこと』だと」

「そんなたわごとをわたしにまくしたてるな。もう遠い昔のことだろ！」ボッソがどなった。

「わたしはまだきみを友だちだと思っているよ、ボビー。たとえ疎遠《そえん》になっても」

「わたしたちをへだてたのは長い年月だけじゃない」ボッソはクスっと笑った。「おまえはいつも感傷的《かんしょうてき》な笑いものだった。だから、こんなシケた町にずっといるんだ」

「ここがそんなにいやなら、なぜもどってきた？」

「わかりきっているだろう？〈アフリカの星〉が各都市をめぐるなかで、ニューヨークに行く途中《とちゅう》だったからだ。ニューヨークでダイヤモンドを盗《ぬす》むのは不可能《ふかのう》だったろうが、マヌケなこの町なら、目あての人材を金でつるのはわけないことだ。あのダイヤモンドを手に入れたら、すぐに仕事は引退《いんたい》だ。何億もの価値《かち》があるからな。もう一生働く必要はない」

「そんなことはよせ、ボビー」ヴァーノン氏はうったえた。「ショーを取りやめるんだ。アイスクリームの店でサンデーでも食べよう。子どものころみたいに。今なら間に合う。きみはまだ何も悪いことはしていないんだから」

「ああ、まだな」ボッソは冷酷《れいこく》な笑《え》みをうかべ、指を鳴らした。「だが、これからやる」

セイウチ男とクモ女がカーテンの陰《かげ》からとびだしてきた。腕《うで》が六本ある女がヴァーノン氏の頭を細長い銀色の警棒《けいぼう》でなぐったかと思うと、セイウチ男が巨大《きょだい》な布袋《ぬのぶくろ》をヴァーノン

氏にかぶせた。「やつに準備《じゅんび》をさせろ」ボッソがいった。「われわれのしりぬぐいをしてもらうからな」

リーラはあわてて手で口をふさいで悲鳴をのみこんだ。カーターが手をのばして、リーラのもう一方の手をとってぎゅっと握《にぎ》る。だいじょうぶ、全部うまくいくよ——そういいたかったけれど、ウソはつきたくなかった。

18

EIGHTEEN

カーターとリーラは急いでステージ裏《うら》のはしごをおりると、ボッソとサーカススタッフが使っていない古い小道具部屋でほかのメンバーと合流した。「どうしたの？」リドリーがリーラの目に涙《なみだ》があふれているのをみたとたん、声をかけた。

「ヴァーノンさんがボッソにつかまった」カーターがいった。

「えっ?!」オリーとイジーが同時にさけんだ。

「ボッソはお父さんに罪《つみ》を着せるつもりよ」リーラはリドリーに抱《だ》きつきながらいった。「お父さんがダイヤモンドを盗《ぬす》んだようにみせかけるのよ」

「ぼくらはどうする？」シオがきく。

カーターはじっくり考えてからいった。「計画どおりにやろう」

「計画なんてどうだっていいわよ、カーター。とにかくヴァーノンさんを助けなきゃ」リドリーがかみつくようにいう。

「いや、両方やれる」カーターの目がきらりと光った。「遊園地で会った霊能者《れいのうしゃ》のマダム・ヘルガの言葉をおぼえてる？　四人で力をあわせて、たがいに忠実《ちゅうじつ》でありつづければ、行く手をふさぐものは何もないって。ぼくらが計画どおりにやれば、ボッソがどろぼうだって証明《しょうめい》できるし、それでヴァーノンさんも無実だってみんなにわかる。それが最善《さいぜん》の方法だよ。ぼくを信じてもらうしかない」

✦
✦
✦

はみだし者《ミスフィッツ》六人がステージ裏《うら》にかくれていると、ボッソのショーが始まった。ポック・ピケッツが前日と同じ歌とダンスでボッソを紹介《しょうかい》し、登場したボッソがバラの花をタンポポに変える。「なぁんだ、大テントでやったのとまったく同じショーじゃない」リドリーが指摘《してき》した。「創造力《そうぞうりょく》にかんしてはゼロ点ね」

ボッソはうれしそうにおなじみの手順をそっくりくり返した。

18

「たいへんすばらしい観客のみなさん！」ボッソが上機嫌《じょうきげん》で呼《よ》びかける。何かをたくらんでいそうな気配を感じるのは、ゆがんだ笑《え》みくらいだ。「ここまで数々の奇跡《きせき》をひろうしてきましたが、いよいよ注目のものをおみせして、みなさんをあっと驚《おどろ》かせましょう。それではご紹介《しょうかい》します。このショーの正真正銘《しょうしんしょうめい》のスター……世界最大のダイヤモンド〈偉《い》大《だい》なるアフリカの星〉です！」

警備員《けいびいん》が四人、登場した。大人のこぶしほどの大きさの、黒い金属《きんぞく》の箱を運んでくると、ステージにおかれた高さ一メートルを超《こ》えるガラスの壇《だん》の横にあるテーブルの上にのせる。警備員《けいびいん》が箱を開けると、「おおっ」という声がおおぜいの観客のあいだをかけぬけた。

ボッソはそっとダイヤモンドを持ちあげた。その目がきらりと邪悪《じゃあく》に光る。

カーターはその目をよく知っていた。まさに強欲《ごうよく》の目だ。

そして、まさにそのとき、観客の注意をそらす作戦が行われていた。ただ、どこに目をむけたらいいのかがわからない。カーターはステージにおかれた一メートルを超《こ》える高さのガラスの壇《だん》に注目した。あのなかにしかけがあって、ダイヤモンドを消すのだろう。ヴァーノン氏からもらった本に全部書いてあった。

「一九〇五年に発見されたカリナンダイヤモンドは、英国の当時の国王エドワード七世の六十六歳《さい》の誕生日《たんじょうび》に献上《けんじょう》されました」いいながらボッソは、美しく輝《かがや》く宝石《ほうせき》をガラスの壇《だん》上《じょう》においた。「いくつかにカットされたうちの、一番大きいものが今、みなさんの目の前におかれている〈偉大《いだい》なるアフリカの星〉です。ごらんになっておわかりのように、これほどのものはほかにありません。美を超越《ちょうえつ》し、価値《かち》を超越《ちょうえつ》しています。それをおそれ多くも、本日わたしのショーでひろうさせていただけて、たいへん光栄です」

観客が拍手《はくしゅ》し、次の展開《てんかい》を待っている。「それをいったいどうするんだ？」男が観客席のなかほどから大声をあげた。カーターは声のしたほうへ目をむけ、ボッソの警備《けいび》をしている男だと気づいた。ただ、気味の悪いピエロのメイクはしていない。

「もちろん、このダイヤモンドを消してみせます！」ボッソはいった。ステージにいる警備員《けいびいん》たちがとつぜんあわてたような顔をする。「ああ、心配いりません！　ちゃんと元にもどしますから！」

全員がどっと笑った――笑わなかったのは、はみだし者《ミスフィッツ》の六人だけだ。

「いいですか、ここにいるみなさん全員にこの〈偉大《いだい》なるアフリカの星〉を見張《みは》っていただきたいのです」ボッソはいった。「目をそらさないで。集中、集中……」

ボッソは紫《むらさき》の布《ぬの》を取り出し、ダイヤモンドの上にかぶせた。ほんの一秒で布《ぬの》を引きあ

げると、ダイヤモンドは消えていた。

「さあ、どこにあるでしょう？」ボッソはほほえんでいる。「もちろん、みなさんのまわりにあります。ほら、頭上にちりになったダイヤモンドがみえるでしょう」銀色のラメのようなものが観客の上にパラパラとふってきた。

「わたしとしてはみなさんにお持ち帰りいただきたいところですが——残念ながら——もどさないといけないようです……」ボッソは両手をこすりあわせた。「みなさん、では、ごいっしょに、三つ数えましょう。いち、に、さん！」

ガラスの壇上《だんじょう》から炎《ほのお》と煙《けむり》が勢《いきお》いよくふきだしたかと思うと、ふたたびダイヤモンドがあらわれ、スポットライトに照らされた。七色の反射光《はんしゃこう》がステージ上をとびかう。観客は息をのみ、それからまた割《わ》れんばかりの拍手《はくしゅ》がいっせいにわきおこった。

「警備員《けいびいん》の方々は、これをもどしたがっているでしょうな？」ボッソはいった。

四人の警備員《けいびいん》がダイヤモンドのほうへ歩いていく。カーターは目をこらした。宝石《ほうせき》の輝《かがや》きが少しあせているのがわかる。あれはほんものの〈アフリカの星〉じゃない。ニセモノだ。ほんものはぼくたちの予想どおり、演技《えんぎ》のあいだに差しかえられたんだ。カーターは自分のやるべきことがわかっていた。

18

とつぜん、劇場《げきじょう》全体の明かりが消え、すべてが暗闇《くらやみ》にすっぽり包まれる。「警備員《けいびいん》！　警察《けいさつ》！」ボッソが真っ暗闇《くらやみ》のなかで大声をあげた。「だれかがダイヤモンドを盗《ぬす》もうとしてる！　とびらを全部封《ふう》じて、出口をふさいでくれ。だれも外に出られないようにするんだ。待て……つ……つかまえたぞ！」

とっくみあう音がステージからひびいてくる。ガシャンとガラスが割《わ》れる音。観客は恐《きょう》怖《ふ》と興奮《こうふん》に息をのんでいる。

「われわれで犯人《はんにん》をつかまえた！」ボッソがさけぶ。

そのとき、いかにもつごうよく、劇場《げきじょう》の明かりがもどった。

ボッソとセイウチ男とクモ女が、必死にもがくヴァーノン氏をステージに伏《ふ》せさせている。ニセモノのダイヤモンドがその近くの床《ゆか》の上に落ちていた。

「われわれで犯人《はんにん》を取りおさえました！」ボッソが観客にむかっていった。「警察官《けいさつかん》、この男を逮捕《たいほ》してくれ。〈アフリカの星〉を盗《ぬす》もうとした！」

ボッソは息を切らしながら、観客にむかって両手を広げた。「いやはや、わたしのショーがこんな結末になるとは思ってもみませんでしたが、ちょっとしたスリルを味わえるおまけをいやがる人はいないでしょう？　危機《きき》は回避《かいひ》されましたよ、みなさん」

「ありがとう！」クモ女がボッソにいった。「あなたはヒーローよ！　この乱暴者《らんぼうもの》の犯行《はんこう》を止めたんだから」

観客から拍手《はくしゅ》かっさいがわき起こった。ボッソがおじぎをすると、人々は立ちあがり、さらに熱心に拍手《はくしゅ》する。

「恐《おそ》れ入ります。たいへん光栄です」ボッソはそういって、また頭を下げた。「ありがとう！　どうもありがとう！」

警備員《けいびいん》はダイヤモンドをちゃんと調べもせずに黒いケースにおしこむと、しっかり鍵《かぎ》をかけた。警官《けいかん》が何人か、ヴァーノン氏に手錠《てじょう》をかけてステージから連れ去っていく。

「ショーはまだ終わってない」カーターはほかの五人にささやいた。「さあ、ほんとうのショーを始めよう……」

19

NINETEEN

「みなさん、われらのヒーローBBボッソに盛大《せいだい》な拍手《はくしゅ》を！」オリーとイジーがゆっくりステージにあがり、ボッソのうしろに立った。

　ボッソは混乱《こんらん》したらしく、セイウチ男とクモ女をみたが、どっちも肩《かた》をすくめ、同じようにとまどっている。

「さあ、拍手《はくしゅ》をつづけて！」オリーが観客にむかってさけんだ。

「その調子よ！」イジーもいう。「われらのヒーローをあたたかくむかえましょう」

「むかえる？」オリーがきいた。「けど、ショーは終わりだろう」

「え、そう？」イジーは頭をかきながらいった。「たしか、まだ始まったばかりのはずよ」

「ああ、ぜんぜんかまわないよ」とオリー。「もっとみたがってるのはだれだい？」観客から歓声《かんせい》があがり、ボッソの作り笑顔《えがお》がくずれはじめた。セイウチ男がオリーにむかってうなり、クモ女がイジーをにらみつける。けれど、どちらもおおぜいの観客の前では何もできずに、ステージのはしのほうへ退《しりぞ》いた。

「どうしたの、ボッソ？　不安そうな顔だけど」イジーがいう。「ファンをがっかりさせたくはないでしょう？」

「も……もちろんだとも」ボッソはつっかえながらこたえた。

「ボッソは不安なわけじゃないよ」オリーがボッソの腹《はら》をつついた。「腹《はら》ペコなんだ！　おれだってこんな大がかりなショーのあとは腹《はら》がへる」

「あたしも軽く何か食べたいな」イジーはボッソの手をとってステージの中央に連れていくと、傘《かさ》を一本引っぱりだして広げた。「ただ、天気が心配なの。朝食がふってきそうな雲行きだから」

オリーがひもを引っぱった。そのとたん、冷たい卵《たまご》とベーコンとオートミールとベーグルが雨のごとくボッソにふりそそいだ。頭上からメープルシロップがボッソをべっとりお

19

おっていく。これもショーの一部だと思った観客は大爆笑《だいばくしょう》だ。オートミールまみれのボッソの顔がみるみる赤くなった。ボッソはセイウチ男とクモ女のほうに目をやったが、ふたりとも観客席をしきりにみまわして、べつの出口をさがしている。

オリーが観客のほうに身を乗り出し、自分の指をかんだ。「うまっ！　こりゃ、おいしい食事を完全にむだにしてる！」

「エッ、ハ、グルメなら、カンカンに怒《おこ》るんじゃない？」イジーがいった。

「ぼくらの出番だ」カーターがカーテンのうしろにいるほかの三人にいった。「準備《じゅんび》はいい？」

リーラとシオとリドリーがうなずく。

タキシード姿《すがた》のシオが、リーラとリドリーをエスコートしてステージに出た。リーラとリドリーはおそろいの銀のスパンコールのついたきれいなドレスに身を包んでいる。三人はつま先立ちと車いすで、床《ゆか》にちらばった朝食（とボッソ）を回りこむようにしてステージの前面まで進んだ。シオが上着からバイオリンを、ポケットから弓を取りだす（マジックで使う弓じゃなくて演奏用《えんそうよう》の弓だ）。「われらのヒーロー、BBボッソに感謝《かんしゃ》の曲をささげます」シオの奏《かな》でる軽快《けいかい》なメロディが劇場《げきじょう》に満ちていくと、リーラがオリーとイジーをつかんで三人でラインダンスを始めた。ボッソをいっしょに踊《おど》らせようとしたけれど、怒《いか》りに煮《に》えくり返った顔でこばまれた。オリーとイジーがリーラをくるくる回してステージのそでへ送る。リーラは回転しながらカーテンに入りこみ、包帯をまかれたミイラみたいに体にまきつけた。ところが、カーテンがほどかれると、あらわれたのはリーラではなく、カーターだった。

リドリーが『拍手《はくしゅ》！』のカンペをかかげる。観客がまたいっせいに拍手《はくしゅ》した。

「あれ、ここはどこですか？」カーターは観客にたずねた。つまずきながらカーテンから離《はな》れる。マジシャンのスーツにシルクハットとマントというかっこうだ。観客は拍手《はくしゅ》と笑いで返した。「ぼく、ステージに立ってるんですか？　極度のステージ恐怖症《きょうふしょう》なのに！」

そこでちゃめっ気たっぷりのウィンクを大悪党《だいあくとう》に送った。

「おまえ！」ボッソがどなる。

「そう、ぼくです！」カーターはニヤニヤしながら観客にむかって演技《えんぎ》を始めた。「おわかりのように、ボッソとぼくは古くからの友だちなんです。一度、めんどうをみてやろうといってもらったこともあります。なんて心の広い人でしょう！」

ボッソの顔が怒《おこ》ったイチゴみたいなどす黒い赤になっている。セイウチ男とクモ女は

こっそり逃《に》げ出そうとしていたが、オリーとイジーにうながされ、ボッソのいるステージの中央にもどってきた。

「きさま、殺《ころ》してやる」ボッソがカーターにしか聞こえない声でいった。

「みなさん、今の聞こえました？」カーターはさけんだ。「ボッソはダイヤモンドと同じようにぼくを消したいそうです！　もう、わかってますね。そう、姿《すがた》を消すのがぼくの得意《とくい》わざです」

カーターはガラスの壇上《だんじょう》にのぼると、観客におじぎをした。シルクハットを頭からはずしたとたん、白いハトが二羽《わ》、観客の頭上を飛んでいった。リドリーが紫《むらさき》の布《ぬの》を空中にほうりあげる。布《ぬの》はカーターを包むようにおおっていく。布《ぬの》が壇上《だんじょう》にふれるころにはカーターは消えていた。

✦　✦　✦

カーターはどうやって消えたのかって？　かんたんさ。ボッソがダイヤモンドを消したのと同じ方法で、ガラスの壇《だん》の内側にかくれている落下のしかけを利用したんだ。カーターは壇上《だんじょう》でレバーを動かし、秘密《ひみつ》の昇降《しょうこう》シュートで下におりた。超高速《ちょうこうそく》エレベーターみた

19

いに、ステージからステージの下へあっという間に移動《いどう》したんだ。紫《むらさき》の布《ぬの》にうまくかくれながらね。

ステージの下に着いて、床《ゆか》にしっかり立つとすぐに、タトゥーベビーが照明の主電源《しゅでんげん》のそばにいるのと、ポック・ピケッツがほんものの〈アフリカの星〉を持っているのが目に入った。

「ダイヤモンドを下におくんだ！」カーターはいった。

「なるほど、ほらまた、もどってきたよ

もうぬけだせない、逃《に》げ出せない！

ナマイキ小僧《こぞう》だ！　あのクソガキだ！

わなにかけよう、ネズミみたいに」四人組が歌う。

「その歌、ぼくがあらわれたときのために用意してたの？」カーターは身ぶるいした。

「うわっ、ゾッとする」

ポック・ピケッツが歯をむいてうなり、とびかかってくる。そのとき、カーターはポケットからビー玉をひとつかみして、床《ゆか》にばらまいた。つるんっ！　ポック・ピケッツはいっせいに足をすべらせ、宙《ちゅう》を舞《ま》いながらはげしくぶつかりあった。

四人が床《ゆか》にたたきつけられると、すかさずカーターはたおれた四人の上にとび乗り、上着から手錠《てじょう》を四組取り出した。すばやい手つきでひとりの手首とべつのひとりの足首を一組の手錠《てじょう》にかけ、同じように四人をつなぎあわせて、動けないようにした。

「われら、ボッソの宝《たから》を守る係～

これじゃ、ボッソの怒《いか》りを買うばかり～」四人組は歌っている。

「放してくれ～～～～！」

「あきらめてくれ～～」カーターは歌で返事をした。

タトゥーベビーがシャツをぬいで力こぶを作り、カーターにとびかかってきた。カーターがぎりぎりのところで横に身をかわすと、小男はそのままつっこんで壁《かべ》にげきとつし、気絶《きぜつ》した。「赤ん坊《ぼう》には昼寝《ひるね》が必要だったね」カーターは得意《とくい》げに皮肉をいった。

カーターはダイヤモンドをつかんでシルクハットのなかにかくすと、ふたたび昇降《しょうこう》シュートにとび乗り、レバーを動かしてあっという間にステージにもどった。

パッとあがった炎《ほのお》と、もわっと吐《は》き出された煙《けむり》がカーターの姿《すがた》をかくしてくれている。カーターはガラスの壇上《だんじょう》に立っていた。オリーとイジーがいらだつボッソのまわりでくるくる回りながら踊《おど》り、シオが観客にむかってバイオリンを演奏《えんそう》している。

19

リドリーがふたたび『拍手《はくしゅ》！』のカンペをかかげた。

カーターがおじぎをすると、観客は歓声《かんせい》をあげて口笛をふいた。そこで、カーターはむきをかえ、ボッソにだけ頭を下げた。シルクハットを頭からはずし、ボッソに帽子《ぼうし》のなかみがみえるようかたむける。

「ほんものの〈アフリカの星〉がほしい？」カーターはボッソにだけ聞こえる声でささやいた。「なら、取りにきて」

それから、カーテンにとびこみ、ぐるぐると体にまきつけた。カーテンがほどかれると、リーラがなかからとびだした。

「またまた、こんにちは！」

「やつを追いかけろ！」ボッソがどなりながら、腕《うで》をふりまわして見世物芸人たちにあとを追えと合図《あいず》している。

カーターはステージ裏《うら》にいた。悪者がせまってくるのを横目に、そでから剣《けん》を引っぱりだすと、二本のロープで作った輪っか（あらかじめピンクのリボンを結んで目印をつけてあった）に足を引っかけ、片方《かたほう》のロープを切った。砂袋《すなぶくろ》がいくつかストンと落ち、カーターの体が舞《ま》いあがる。

「バイバイ」カーターは悪党《あくとう》に手をふった。

「やつをつかまえろ！」ボッソがどなりながら、そばにあるはしごをのぼり始めた。セイウチ男もボッソのあとからはしごをのぼったが、クモ女は直接《ちょくせつ》ロープにとびついて、よじのぼってくる。それから三人は猛《もう》スピードでキャットウォークをかけてきた。クモ女にあやうくつかまりそうになったカーターは、ポケットから二組のトランプを取り出して、百四枚《まい》のカードをぶつけた。すぐうしろを走っていたクモ女はカードで足をすべらせ、手すりのむこうへ転げ落ちそうになった。とっさにセイウチ男がクモ女の体を引きもどしてから、突進《とっしん》してくる。カーターはひょいと身をかわすと、べつの通路にとび移《うつ》った。

そのとき、角を曲がってきたボッソが手をのばし、カーターのシルクハットをひったくった。

なかをみると、空っぽだ。

「ここですよ。みえますか……」カーターが片手《かたて》でダイヤモンドをかかげてみせる。「はい、消えた！」そういって、反対の手でさっと消した。

ボッソとセイウチ男とクモ女はすでにカーターのいるキャットウォークに集まっていた。三人とも両手をのばし、カーターをつかまえようととびかかった。カーターはさっきとは

19

べつのロープに抱《だ》きつくと、ステージ裏《うら》にそっとすべりおりた。ボッソは怒《いか》りくるってわめいた。「あとを追え！」

かけだすカーターの耳に、ステージで仲間がみごとなショーをくりひろげているのが聞こえる。シオの奏《かな》でる音楽や、オリーとイジーのダンスや、観客の笑い声に、とたんに元気が出た。「ぜったいにうまくいく」小声でひとりつぶやいた。

ステージ裏《うら》では、頭上からボッソと手下がポールをすべりおりてきた。セイウチ男がカーターの目の前におりたち、そのうしろにボッソが着地する。カーターは横へむきを変えると、さっき姿《すがた》を消したのとはべつのカーテンのひだのなかをすりぬけ、またべつの、さらにべつのカーテンをすりぬけた。

そして、レンガの壁《かべ》を描《えが》いた油絵をつきぬけたところで、カーターはほんものの壁《かべ》にぶち当たった。ボッソはすぐ後ろにせまっている。むきを変え、短い廊下《ろうか》をかけだす。廊下《ろうか》は左に折れ、それからまた左に、さらにまた左に折れる。そして、とうとう行き止まりになってしまった。横にあるドアをぬけると、そこは小道具部屋で、もう逃《に》げ場はない。

「マズい！」カーターはさけんだ。

ピンチにおちいってしまった。

20

TWENTY

ふりかえると、カーターはボッソとセイウチ男とクモ女に追いつめられていた。

「終わったな、小僧《こぞう》」ボッソがいった。

「ダイヤモンドをよこせ」

カーターは必死に部屋のなかをみまわした。古い小道具がおかれた棚《たな》や、年代物の蓄音機《ちくおんき》や、かびくさいカーテンや、巨大《きょだい》な鏡なんかがある。カーターは近くの棚《たな》から野球のバットをつかみとる途中《とちゅう》で、うっかり電動蓄音機《ちくおんき》のスイッチを入れてしまった。すると、曲の演奏《えんそう》が始まるのではなく、回転するレコードを針《はり》がこすりながら、キーキーというひどく耳ざわりな音を出し始めた。

20

手をのばしてつかまえようとしてくるボッソに、カーターはバットをふりまわした。

「来るな！」

「盗《ぬす》んだダイヤモンドをよこせ！」ボッソがどなる。

「そっちが先に盗《ぬす》んだんじゃないか！」カーターは声をとがらせた。

「だから今、盗《ぬす》みかえす！」ボッソがカーターめがけて突進《とっしん》してくると、カーターはもう一度バットをふった。ボッソは身を引いたものの、その顔に意地悪い笑《え》みがゆっくり広がる。「おまえはもう逃《に》げられない。あきらめてダイヤをこっちにわたせ。そうすれば、生かしておいてやってもいい」

「ヴァーノンさんみたいに？」カーターはいった。「あんたがヴァーノンさんに罪《つみ》を着せたんだ！」

「あの老いぼれは自分で自分の首をしめたのさ」ボッソは吐《は》きすてるようにいった。「やつに知らせることがある。ダイヤがわたしのものになれば、これまでほしかったものがなんでもかんたんに手に入る。そしてダンテは……よい子のダンテは……このまま刑務所《けいむしょ》でよぼよぼになっていくだろう」

「あんたがマジックショーの最中に〈アフリカの星〉をニセモノとすりかえたことをみん

ながら知れば、話はべつさ」カーターはいいながら、手をのばしてくるセイウチ男とクモ女にバットをふって応戦《おうせん》した。

「そのころにはもう、わたしはいなくなっている。ボラボラ島でキンキンに冷えた傘《かさ》つきトロピカルドリンクでも飲みながら、日焼けに精《せい》を出しているだろう」

「あんたは最低だって、わかってる？　そもそも、だれも勝てないようなゲームをしかけるし、手下のポック・ピケッツには、ショーをみにきた人たちの持ち物を盗《ぬす》ませる。それに、保安官《ほあんかん》にはみてみぬふりをするようワイロをわたしてた。そして今度は、〈アフリカの星〉をニセモノとすりかえてうばったんだ！　あんたはみんなの人生をめちゃめちゃにしてる。すなおにみとめなよ！」カーターは強い口調でせまった。

「ああ、全部みとめるさ！　世間の連中がマヌケすぎて、だまされていることにも気づかないのは、わたしのせいではない。わたしはただ、うまく利用できる場所にあらわれるだけだ」ボッソの顔にあからさまなニヤニヤ笑いが広がった。「わたしはエンターテイナーだ。人々を楽しませ、人々に愛されている……それでじゅうぶん金持ちになれるだろうって？　とんでもない！　だが、そのダイヤモンドならまちがいなく金持ちになれる！そうだ、だから盗《ぬす》んだんだ。どうする、小僧《こぞう》？」

20

「これで全部すんだよ」カーターは笑顔《えがお》でバットを床《ゆか》に落とした。「ありがとう、ボッソさん。ぼくらがどうしても聞きたかったのはそれだけさ」

「ぼくら？」ボッソが小声できいた。

カーターはすみっこにかくれていたロープを引いた。とたんに、みせかけの小道具部屋の四方の壁《かべ》と、天井《てんじょう》がはずれて落ちた。取り残されたカーターとボッソとセイウチ男とクモ女は、いつの間にかステージの中央に立っていた。観客全員──警官《けいかん》やほかの人たちもすべて──がボッソの告白《こくはく》をもらさずに聞いていた。

「どうして？」ボッソが大声でさけんだ。

「さっき、ぼくを追いかけて、ステージ裏《うら》のカーテンを次々にくぐりぬけたよね」カーターはいった。「あれは、ぼくが三人を誘導《ゆうどう》して、ステージを大きくひと回りしたんだ。それで、まっすぐにこのワナにとびこんだってわけ。それと、ボッソさんの告白《こくはく》をだれかが聞きもらしてるといけないから、念のため……」カーターは蓄音機《ちくおんき》のレコードの上に針《はり》をもどし、録音から再生《さいせい》に切りかえた。

「『ああ、全部みとめるさ！　世間の連中がマヌケすぎて、だまされていることにも気づかないのは、わたしのせいではない』」ボッソの録音された声が観客にむけて再生《さいせい》される。

それまでずっと、観客にむかって『静かに！』のカンペをかかげていたリドリーが、カンペを床《ゆか》に投げ捨《す》て、車いすで仲間といっしょにステージの裏《うら》へ引っこんだ。

やがて、リドリー、オリー、イジー、リーラ、シオの五人が、一列につながったホテルのルームサービス用のカートを押《お》してステージに再登場《さいとうじょう》した。銀のトレーのふたを順番に開けると、どのカートにもボッソの泊《と》まっている部屋の浴そうでみつかった盗品《とうひん》の山があらわれた——財布《さいふ》、指輪、ブレスレット、腕時計《うでどけい》、結婚《けっこん》指輪などなど……。

「警察《けいさつ》と町の住民と観光客のみなさん」カーターは声をはりあげた。「ボッソは〈アフリカの星〉を盗《ぬす》もうとしましたが、それだけじゃなく、保安官《ほあんかん》や危険《きけん》なスリ集団《しゅうだん》と手を組んでいます。もし、この数日のあいだに、大事なものをなくされたとしたら、たぶんこのなかにあると思います」

「わたし、結婚《けっこん》指輪を盗《ぬす》まれたわ！」観客のなかのだれかがさけんだ。

「財布《さいふ》を盗《ぬす》まれた！」

「わたしもイヤリングとブレスレットを！」

「ぼくは小づかいを全部、あのバカげたゲームにつぎこんだ！」

観客全員がボッソにむかってブーイングを始めた。

ふたりの警官《けいかん》が保安官《ほあんかん》を逮捕《たいほ》し、残りの警官《けいかん》がステージにかけあがって、ボッソと手下たちを取りかこんだ。シオが声をかける。「最後のおじぎをしたらどうですか？」

リーラはステージをとびだすと、ヴァーノン氏にかけより、抱《だ》きついた。「あたしたち、やったわ！」

「ああ、やりとげたな」ヴァーノン氏はいいながら、打ち傷《きず》を負った頭をなでている。

「きっとやってくれると思っていたよ」

「手錠《てじょう》をはずします」警官《けいかん》がいった。

「ああ、おかまいなく。手錠《てじょう》からの脱出《だっしゅつ》なら、よちよち歩きのころからずっとやってきましたので」ヴァーノン氏が両手をみょうなぐあいに動かすと、手錠《てじょう》がはずれた。それを警《けい》官《かん》にわたす。「はい、どうぞ」

「おみごと」カーターは小声でいった。

21

TWENTY-ONE

操《そう》車場《しゃじょう》に止まっている車両の上にのぼると、グランドオークリゾートも、落ちついたミネラルウェルズの町も、ボッソの移動遊園地《カーニバル》のテントも目に入る。すべてが朝日に包まれ、ひっそりと静まり返っている。この数日でいろいろなことがあったおかげで、カーターは魔法《まほう》を信じはじめていた。じっさいにものを消したり、呪文《じゅもん》を唱えたりする魔法《まほう》ではなく、うれしすぎて眠《ねむ》れずに朝になり、日の出をながめているときにわかるたぐいの魔法《まほう》だ。

空がこんなに美しい色にそまるのをみたことがないと、カーターは深く感じ入った。BBボッソの盗品《とうひん》保管車両の上であぐらをかきながら、下で警察《けいさつ》が鍵《かぎ》をこわすのをながめる。ようやく金属《きんぞく》の車両のとびらが開くと、財布《さいふ》や腕時計《うでどけい》や指輪なんかがなだれのようにどっと吐《は》き出された。近いうちに警察《けいさつ》は、BBボッソの移動遊園地《カーニバル》が訪《おとず》れたあちこちの町で、盗難《とうなん》がひんぱんに起こっていたことに気づくだろう。

カーターとはみだし者《ミスフィッツ》の仲間は何千とまではいかなくても、未解決《みかいけつ》だった小さな盗難事件《とうなんじけん》を何百かは解決《かいけつ》したんだ。

警察《けいさつ》が盗品《とうひん》を集めて箱に入れながら、一つひとつをどうやって本来の持ち主に返したらいいかを考えているあいだ、カーターは驚《おどろ》きのまなざしをひたすら空にむけていた。黄色とだいだいと赤の筋《すじ》が一体になった空はまるで、父さんが昔、手品で使っていた色とりどりのシルクのハンカチみたいだ。輝《かがや》く太陽が地平線に王さまのかんむりみたいに顔をのぞかせると、おうぎ型《がた》の光がさしてきて、カーターをぬくもりで包んだ。

少しはなれた線路の上を、コンテナ貨物列車がシュッ、シュッと音を立てて通りすぎ、のぼってくる太陽の光から逃《に》げるように遠ざかっていく。カーターは、これからどうしようかとぼんやり考えた。

シオの家にいつまでもやっかいになるわけにはいかない。さすがにスタインマイヤー夫妻《ふさい》にあれこれたずねられるだろうし……。もう一度汽車にとび乗ってみようか……とりあ

21

えず次にどこにたどりつくかたしかめるために。

「まさか、さよならもいわずに去っていったりはしないだろうね？」ヴァーノン氏が声をかけた。

「うわっ！」カーターはそばに人がいるのにぎょっとして、さけび声をあげた。ヴァーノン氏は最初からずっといたみたいな顔で、となりに座《すわ》っている。「いったい、どうやったんですか？」カーターはきいた。

「そうっと音を立てずに来たのさ」ヴァーノン氏はほほえんだ。「で、どうなんだい？町を出ていくつもりかい？」

「出ていきたくはないんです」カーターはこたえた。「だけど、警察《けいさつ》からすでに両親のことをたずねられていて……。ぼく、児童養護施設《ようごしせつ》に入るわけにはいかないんです。ぼくの落ちつき先はだれにもわかりません」

「賢者《けんじゃ》がかつてこんなことをいった。物事の決断《けつだん》は朝、じゅうぶんな睡眠《すいみん》とシャワー、そしてバランスのとれた朝食をとってから行うべきだと。今のきみは、じゅうぶんな睡眠《すいみん》の部分がぬけているが、もうひとりのヴァーノン氏が今、うちで朝食を作ってくれている。それと、きみが決断《けつだん》する前に、会いたがっている者が数人いる」

「朝食、いいですね」カーターは自分のほおが赤らむのを感じた。

「よかった。行こう」ヴァーノン氏はいいながら、車両のはしごをおりていった。

✦
✦
✦

マジックショップの上にあるヴァーノン氏の自宅《じたく》のダイニングに入っていくと、ミスフィッツの仲間が全員そろっていて、カーターはびっくりした。シオ、リドリー、リーラ、オリーとイジーがみんなで手伝ってテーブルの準備《じゅんび》をしている。

「カーター！」五人が大きな声をあげてカーターにかけより、抱《だ》きついた。「あたしたち、やったわね！　ほんとにやりとげた！」リーラがいった。「ボッソと手下たちをやっつけたのよ」

「全員じゃないよ」シオがいう。「警察《けいさつ》が逮捕《たいほ》したのは、ボッソと見世物芸人とポック・ピケッツだ。しかめ面《つら》のピエロたちはみつかっていない」

「心配ごとは後まわしだ」もうひとりのヴァーノン氏がいいながら、パンケーキとイチゴが高くつみあがった大皿をかかえて部屋に入ってきた。「今は食事の時間だよ」

「その前にプレゼントはどうかな？」ヴァーノン氏が提案《ていあん》した。四つの箱を取り出し、

21

カーター、シオ、リーラ、リドリーの前にひとつずつおく。「すまないね、オリーとイジー。ふたりが参加することを知らなかったものだから」

「心配無用です！」オリーは早くもほおばりながらいった。「このパンケーキがじゅうぶんごちそうだから」

四人がプレゼントの箱を開けると、それぞれがなくしたと思っていたもの――リーラの幸運の鍵《かぎ》あけ、リドリーの手帳、シオの弓、カーターの木の小箱――が入っていた。カーターは文字が刻《きざ》まれた小さな箱を胸《むね》に抱《だ》くと、LWLのイニシャルを指でなぞった。「いったい、どうやったんですか？」カーターはたずねた。

「優秀《ゆうしゅう》なマジシャンは決して種あかしをしない」ヴァーノン氏はいった。

それでも、カーターは頭をすばやく働かせて、ここ数日のあいだのできごとを整理しながら思い起こした。初めてヴァーノン氏に会った翌日《よくじつ》、ステージ上でものを消すトリックについて書かれた本をもらった。ヴァーノン氏とBBボッソは古い友だちだった。ヴァーノン氏はボッソがダイヤモンドを盗《ぬす》もうとしていることも、その方法についてもきっと知っていたはずだ。それに、ボッソのところへ行く途中《とちゅう》で、ポック・ピケッツにスリを働くか何かして、四人の大切なものを取り返してくれたにちがいない。

「ぼくらだけでやったわけじゃなかった。そうですよね？」カーターは結論《けつろん》づけた。「ヴァーノンさんは最初からぼくたちに目を配り、本当に危険《きけん》な目にあわないように注意してくれていた……ぼくのポケットに入っていたお金も……公園で毛布《もうふ》がかかっていたのも……そうですよね？」

リーラがけげんそうに目を細めた。「お金って何？　毛布《もうふ》ってなんのこと？」

「わたしには何の話かさっぱりわからないよ」ヴァーノン氏は笑《え》みをうかべながら、自分の分のパンケーキを皿にとって食べている。

「カーター、これからどうするんだい？」シオがたずねた。

カーターは肩《かた》をすくめた。いっしょにいろんなことをくぐりぬけ、何から何まで世話になった友だちに、つい一時間前に考えていたことをうちあけるなんてとてもできない。そう思うと、心のなかにむなしさをおぼえた。このミネラルウェルズとも、新しくできた友だちとも別れたくはないけれど、ほかにどんな選択肢《せんたくし》がある？

ほかの仲間もカーターの顔からすべてを読み取ったのだろう。「どこにも行っちゃだめ！」リーラが思わず口をひらいた。「ここにいてくれよ」シオがカーターの背中《せなか》をたたく。リドリーでさえしかめ面《つら》になっている。

21

「じつをいうと、もうひとつ秘策《ひさく》があるかもしれない」ヴァーノン氏がいった。それから子どもたちについてくるよう手招《てまね》きし、ダイニングを出て、マジックショップのつづき部屋に入っていく。つねに紳士《しんし》のふるまいをするシオが、ドアを開けて全員を先に通した。

「ワンワン。あたし、ウサギよ」プレストがわめいた。

「おバカな鳥」リーラが笑った。

ヴァーノン氏は子どもたちともうひとりのヴァーノン氏を引きつれて秘密《ひみつ》の部屋に入ると、たくさんの写真におおわれた壁《かべ》までやってきた。そこには、いろんなマジシャンの白黒の肖像《しょうぞう》が何十枚《まい》も飾《かざ》られてあったが、一番低い場所にある一枚《まい》が目を引いた。セピア色にあせた写真で、六人の子どもがたがいの肩《かた》に手をまわしている。

「この人たちはだあれ？」リーラが写真をじっくりみながらたずねた。

「エメラルドリングのメンバーだ」ヴァーノン氏はいった。「少年時代のわたしがいる。ちょうどきみたちと同じ年ごろだ。そっちがボッソだ。このころは、ボビー・ボスコウィッツと呼《よ》ばれていた」

「知り合いだったんですか？」リドリーがきいた。

「そうだ。わたしたちは親友だった。ボッソとわたしと、ここに写っている友だちは全員、はみだし者だった。きみたちとまったく同じだよ。だが、わたしがみせたかったのはそこじゃない。カーターにこれをみせて、ライルに注目してほしかったんだ」ヴァーノン氏はそういって、写っている少年のひとりを指さした。

「この人、カーターに似《に》てる」リーラがいった。

「ライルはぼくの父さんの名前です」カーターはとまどいぎみにささやいた。

「やっぱり思ったとおりだ」ヴァーノン氏は目に涙《なみだ》をにじませている。「きみに初めて会ったときから、そうじゃないかと……だが、ありえないと打ち消してしまったんだ。わたしの年をとった頭が記憶《きおく》ちがいでもしている

21

んだろうと思ってね。ところが、ゆうべポック・ピケッツからきみたちのものを取り返したとき、きみの木箱にＬＷＬのイニシャルがあるのをみつけてね。ひょっとして、それはライル・ワイルダー・ロックの略《りゃく》かい？」

カーターはひどく驚《おどろ》いた顔でうなずいた。「父さんのことを知っているんですか？」

「知っているもなにも」ヴァーノン氏はいった。「ライルはわたしのいとこだ」

体のなかからこみあげてくる何かが、カーターののどの奥《おく》で野球のボールくらいの大きさのかたまりになっていく。スライおじさん以外に、ぼくに身内がいるなんて思ってもみなかった。「いとこなんですか？」

「ライルはきみのお母さんと出会って、彼女《かのじょ》の実家に近い西海岸へ引っ越《こ》したんだ」ヴァーノン氏は説明した。「きみの両親に……あのことがあった後……きみがほかの親戚《しんせき》といっしょに暮《く》らすことになったのは聞いて知っていたんだが、それがだれで、どこで暮《く》らしているのかを知っている人がいなくてね。何年もきみのことをさがしたよ。あきらめてはいなかったが、まさか運命がきみをミネラルウェルズに導《みちび》いてくれるとは想像《そうぞう》もしていなかった」

「運命じゃないわ」リーラがいった。「魔法《まほう》よ」

魔法《まほう》なのか運命なのか、それとも偶然《ぐうぜん》なのか。カーターにはもうどれがどれなのかわからなかった。おぼえているのは、何日か前に、これが正しい選択《せんたく》だと信じて黄色い車両にとび乗ったことだ。けれど、実際《じっさい》にはすべての線路が同じ方向にのびてたんだ。魔法《まほう》。運命。偶然《ぐうぜん》。カーターは思った。ひょっとしたらどこかの時点で、この三つはひとつに混《ま》ざりあうのかもしれない。

「カーター、わたしたちといっしょに暮《く》らさないか？」ヴァーノン氏がたずねた。カーターはいうべき言葉がみつからず、ただ、コクンとうなずいた。

✦✦✦

四人の仲間はマジックショップの裏《うら》にある秘密《ひみつ》の部屋に集まっていた。どたんばで世界最大の宝石《ほうせき》を盗難《とうなん》から守ったことで地元の新聞に顔がのってからというもの、四人はマジックの練習をつづけながら、実際《じっさい》に自分たちに何ができるかを考えていくことにした。

「ぼくたちもグループ名があったほうがよくない？」シオが問いかけた。

「エメラルドリングはどう？」リーラがいった。「お父さんが子どものときに活動してたグループ名と同じ名前は？」

21

「それだと、ボッソと手下たちを思い出しちゃう」とリドリー。「気持ちだけ受け取っておきます！」

「じゃあ、オリーとイジー団《だん》は？」オリーがいった。

「それか、イジーとオリー団《だん》」とイジー。

「ちょっと、あんたたち、どこから来たの？」リドリーがイラっとしてたずねた。

「人をまどわす芸を知ってるのはきみたちだけじゃない」双子《ふたご》が同時にいった。

オリーがつづけた。「それに、おれたちもよろこんで参加するよ。自分たちの演技《えんぎ》は完成させておかなきゃならないけど、ときどき来るのはぜんぜんかまわない」

「ゲスト出演者《しゅつえんしゃ》としてね」イジーがしめくくる。「そう、だから、あたしたちも数に入れて」

「それはどうかな？」リドリーが軽く首をかしげる。「あたしたち、マジシャンのグループを作ろうとしてるのよ」

「へえ、すごい！」オリーが声をはりあげた。

「ってことは、特別な衣装《いしょう》をそろえるの？」イジーがきく。

リドリーは首を横にふった。「そういうことをいってるんじゃないの。ふたりは入れないってことよ。ふたりとも、奇術《きじゅつ》のしかけとか、知らないでしょ」

「そんなことない！」オリーはそういうと、イジーの手をつかんで親指をはずそうとした。

「イタッ！」イジーがさけんで、弟をひっぱたく。

「魔法《マジック》ってステージの演出《えんしゅつ》だけじゃないと思う」カーターがいった。「幸せを意味するし、笑いもふくまれる。心にいだく感情《かんじょう》だったりもする。オリーとイジーはそれを生み出しているとぼくは思う」

「いいこというなあ」シオがカーターの背中《せなか》をたたく。

「あたしも同感！」とリーラ。

「わかったわよ」リドリーは折れた。「けど、今後、新しいメンバーにかんしては、きびしい推《すい》せんの手続きをふんでもらうから」

「で、あたしたちのグループの呼《よ》び名はどうする？」リーラがきく。

「マジックの名人たちは？」リドリーが提案《ていあん》する。

「マジック・ダイヤモンドは？」とカーター。

「ユニークな名前がぜったいにいいよ。ぼくたちがユニークだから」とシオ。

すると、カーターがいった。「なんか、ぼくらってずっとみんなからはみだし者《ミスフィッツ》って呼《よ》

21

ばれてるよね。ボッソにも、ポック・ピケッツにも」

「悪者にあだ名をつけられるって、悪くないな」とリドリー。「迫力《はくりょく》がある」

「ミスフィッツ」リーラがためしに口にした。「いいわね」

「賛成《さんせい》」オリーとイジーもいう。

シオが親指を立てた。

「マジック・ミスフィッツ」カーターはいった。うん、すごくいい。これまでどこにもなじめなかったことが、まさに今、自分がここにいるべき理由なんじゃないかと思える。

「よし、これでぼくらの名前が決まった。まず、何をしようか？」

「もちろん、マジックを独学《どくがく》で学ぶ」とリーラ。

カーターはこれまで、おじさんから手品のやり方を学んだ。それはただのごまかし（トリック）で、そこに魔法《まほう》（マジック）はなかった。けれど、新しい家族と友だちから、ほんとうの魔法《まほう》はまちがいなくあることをカーターは学びはじめた。とにかく、どこに目をむけるべきかを知ることなんだ。

この本の中にかくされた暗号を、きみは解読《かいどく》できるかな？

ページ	行	語（字数）
9	15	13 (3)
57	11	39 (2)
289	13	1 (6)
199	11	25 (5)
258	9	36 (5)
8	6	9 (3)
68	5	6 (3)
90	7	1 (4)
101	2	8 (3)
128	5	6 (3)

— 答え —

□□□　□□　□□□□□□
□□□□□　□□□□□
□□□　□□□　□□□□
□□□　□□□

どこに　目を　むけるべきか　がわかれば　ほんとうの　魔法は　きみの　まわりに　だって　あるよ

HOW TO...

他人の心を読む（数字当て）マジックをやってみよう！

だめ！　行かないで！　この本はまだ終わってないよ。立ち去る前にもうひとつ、きみに教えたい手品があるんだ。それと、この本がシリーズの一巻目《いっかんめ》だっていったっけ？　このあと三巻《さんかん》あるよ。巻《かん》が進むごとに物語がどんどん広がって、深みも増してくる。それに、各巻《かくかん》でマジックもまた学べるよ。あえていっちゃうと、このシリーズを読み終えるころには——もし、きみが練習をなんどもなんどもくりかえしていれば——きっときみは正真正銘《しょうしんしょうめい》のマジシャンになる！　ん？　何くだくだしゃべってんのかって？　あれ、どこまで話したっけ？

そうだ、もうひとつ手品を教えるんだった！

さて、マジック・ミスフィッツは次の冒《ぼう》険《けん》のなかで、霊能者《れいのうしゃ》を自称《じしょう》する危険《きけん》な人物に出会う。

ぼくは、実際《じっさい》に他人の心が読める人たちがいる（または、いない）と断言《だんげん》するつもりはない。ただ、これだけはいえる。ちょっとした知識《ちしき》があれば、きみもほかの人の心を読むこつを身につけられる。だいじょうぶ、正確《せいかく》に読めるよ。

だれかが思い描《えが》く数字を当てる方法はこうだ！　相手がだれでも、どんな数字でも当てられる。必要なのはこれから説明する手順とかんたんな計算だけ！（この方法できみの算数の先生をびっくりさせることだってできちゃうかもしれない！　もっとも、その先生はそのあと、こういうかもね――「だから、いっただろう……算数は役に立つって！」）

用意するもの

＊紙とえんぴつ
計算があまり得意《とくい》でなければ、計算機を使ってもＯＫ！

手順

❶ だれかに数字を思いうかべてほしいとたのむ。どんな数字でもだいじょうぶ！　必ずその数字を紙に書いてもらい、ポケットにしまってもらう（ちなみに、この手品は電話ごしでもできるよ）。

❷ 数字を思いうかべている友だちに、そこから１を引いて、と伝える。

❸ 手順2で出た数に2をかけて、と伝える。

❹ 手順3で出た数に、最初に思いうかべた数字を足してもらう。

❺ 手順4で出た数を教えてもらう。

マジシャンの秘密《ひみつ》の計算

ここからはスピード勝負だ(この部分は、算数の授業《じゅぎょう》が役に立つよ)。頭のなかで、友だちに教えてもらった数に2を足す。

出た数を今度は
3で割《わ》る。

❻
さあ、出た数が
友だちの思いうかべた数字だよ。
それを告《つ》げれば、みんなが
きみをすごい！　と思うはずさ。
ジャジャーン！

これで、きみは霊能者《れいのうしゃ》——か、算数がものすごく得意《とくい》（か、その両方！）だ。どっちにしろ、きみは次世代の偉大《いだい》なマジシャンへの道を着々と進んでいる。今度は何をすればいいかって？　そう、そのとおり。練習だ。一に練習、二に練習（そのあと、昼寝《ひるね》して、おやつを食べてから、また練習。ここまで来たら、もういう必要もないよね？）

ミスフィッツがもどってくれれば、さらにいろんなマジックを紹介《しょうかい》してくれるよ！　準備《じゅんび》していてくれ……

C B A
H G F E D
M L K J I
R Q P O N
W V U T S
Z Y X

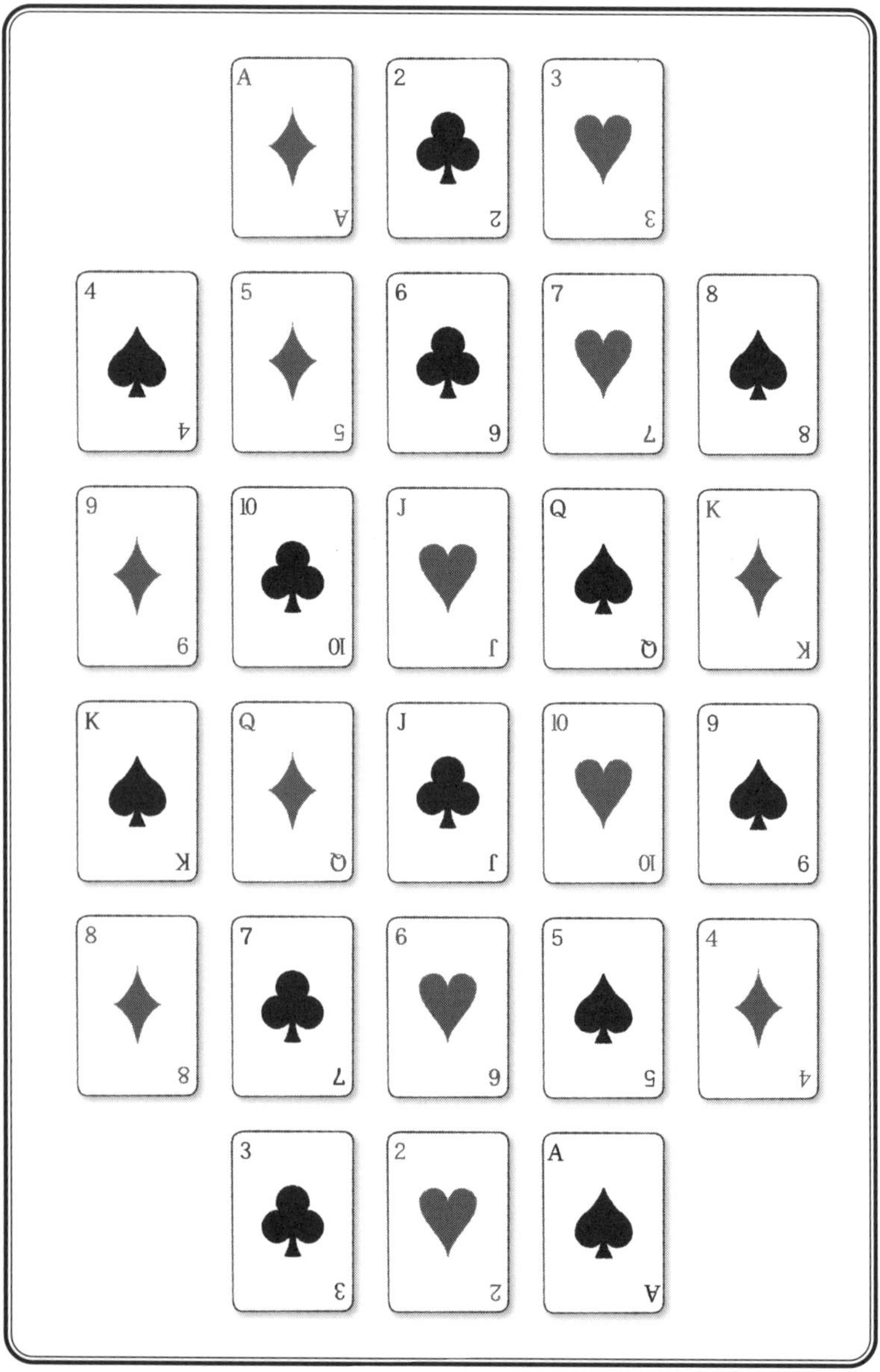

最後に もうひとつ…

待って。行かないで。たのむから、もうちょっとだけいてくれ。

きみも、カーターのおはなしを、ぼくがそうかんたんには閉《と》じさせないだろうって思ってたよね？　どんなにすばらしいマジックショーでも、最後にひとつ、（さらにいうなら）物語でも、最後にひとつ、ええええっ！　と驚《おどろ》くような種明かしがなければ、なんのおもしろみもない。

ぼくの最後のしかけについては、前のページをみて……一枚《まい》カードを選んでほしい。どのカードでもかまわないよ。

さあ、そのカードに気持ちを集中して、よくみるんだ。きみのエネルギーをそこに注いでくれ。ちょっとのあいだだけ、目を細くしてみてみるのもいいかもしれないね。とにかく集中して！　全力で！　きみならできる！　信じてるよ！　そうだ！　すばらしい！

やったね。じゃあ、引きつづき、そのカードに集中しながら、きみが読み終わった物語をふりかえってみてくれ。この本のなかの、どこかのページでトランプカードをみたか思い出してみて。もどって最初からもう一度パラパラめくって、みつかるかどうかたしかめて。待ってるから、あせらなくていいよ……

カードはみつかった？　わあ、ほんとに？　そりゃおもしろい。

さすがにもうきみも、ぼくが今、やっているのが、きみの注意をそらす作戦だってことに気づいていると思う。大事なのは、きみが注意をむけてるカードじゃなくて、きみが本のページをパラパラめくってるときにみつけたカードにしかけがあるってことに気づけるかどうかだ。さて、そのカードは何を意味してるんだろう？

きみみたいな賢《かしこ》い子なら、それが暗号だって気づいたよね？　ふう、やれやれ。あんまり賢《かしこ》すぎるのも自分のためにならないよ。

暗号は解《と》けるかな？　光にかざすと役に立つこともあるとだけいっておこう。小さな明かりはなぞに光を当てて解決《かいけつ》に導《みちび》いてくれることがよくある。

わかった？　よかった。そしたら、それを使ってカーターの物語の全章にかくされたメッセージを解読《かいどく》してほしい。

もし、きみがミスフィッツみたいなマジック同盟《どうめい》の一員になるのを夢《ゆめ》みたことがあるなら、たぶん、友だちと秘密《ひみつ》のやりとりをするところを想像《そうぞう》したことがあるだろう。ならば、この本にのっているカードの暗号を自由に使ってくれてかまわないから、自分のメッセージを作ってみて！　かんたんだよ。ちょちょいのちょいさ！

ぼくが伝えたいのはそれだけだ……このへんで、ひと休みってのはどう？　外へ出て、走りまわってくるといい。たぶん、夕食（か朝食）ができるまでにはまだ時間がある。次回会うときまで、元気で、賢《かしこ》く、そして何よりも、魔法《マジカル》の力をまとって《で》いてくれよ。

おっと、これ以上、この本のページにかくされた秘密《ひみつ》をさがさなくていいよ。きっと、もう何もみつからないから……え、ちがう？

各章のトランプ暗号の答え

ごあいさつ —— TEJINA
1 —— WO MANA
2 —— BUNARA
3 —— OBOETE
4 —— OITE. DA
5 —— IJINANO
6 —— HA RENSHU
7 —— NO TSUMI
8 —— KASANE
9 —— TO, KONKI
10 —— ZUYOKU
11 —— TSUZUKE
12 —— RU KOTO
13 —— TO, ZETTA
14 —— INI AKI
15 —— RAMENA
16 —— I KOTO. I
16億 —— IKOTO
17 —— HA, SOU
18 —— KANTAN
19 —— NIHA TE
20 —— NI HAIRA
21 —— NAI KARA.

TEJINA WO MANABUNARA, OBOETE OITE.
DAIJINANO HA, RENSHU NO TSUMIKASANE TO,
KONKI ZUYOKU TSUZUKERU KOTO TO,
ZETTAI NI AKIRAMENAI KOTO.
IIKOTO HA, SOU KANTANNI HA TE NI HAIRANAI KARA.

手品を学ぶなら、おぼえておいて。
大事なのは、練習のつみかさねと、
根気強くつづけることと、
ぜったいにあきらめないこと。
いいことは、そうかんたんには手に入らないから。

謝辞

ここにあげる移動遊園地《カーニバル》のスタッフに心からの感謝をささげます。みんな、それぞれの場所を逃げ出して、ぼくのサーカスに参加してくれました。〝舞台監督〟のレックス・オーグル、〝ライオンの調教師〟ローラ・ノーラン、〝メンタリスト〟のゾーイ・シェイピン、〝腹話術師〟ダン・ポブロッキ、〝タトゥー女〟リッシー・マーリンと、〝タトゥー男〟カイル・ヒルトン、〝マジシャン助手〟のダミアン・アコスタ、〝怪力男〟のシェイ・マーティン、〝広報の女王〟チェルシー・ヘイズ、〝雄牛の調教師〟デイヴィッド・バーカ、そして、臨時にあれこれ手伝ってくれたリトル・ブラウンのみなさん、特に、メガン・ティングリー、カリナ・グランダと、アルヴァイナ・リング。

最後に、ぼくが子どものころ通ったマジックショップ、フールズパラダイスのスタッフに感謝をささげます。閉店してからもう、ずいぶんたってしまったけれど、あの店の秘密はこれからもずっとぼくのなかに残るでしょう。

そして、最後の最後に、ぼくのなかのヴァーノン氏であり、マジックのはみ出し者《ミスフィッツ》のさきがけ、エド・アロンゾに感謝を。

訳者あとがき

『痛快！　マジック同盟ミスフィッツ　カーニバルに消えたダイヤを追え』（原題：*The Magic Misfits*）はいかがでしたか？　楽しんでいただけたでしょうか？

マジックを愛する、おしゃべり好きでちょっとおせっかいな作者が、自由気ままに雑談や脱線をしながら、おはなしを語り聞かせる、ユニークで楽しいこの本を生み出したのは、アメリカの俳優で、映画プロデューサーや司会者としても活躍するニール・パトリック・ハリスさんです。小さいころから手品が好きで、全米マジシャンズ協会の元会長でもあり、その腕前をたびたびひろうしているハリスさんが、娘さんと息子さんに本の読み聞かせをしているときに、マジック好きな子どもたちが活躍する物語を思いつき、最初は絵本を作るつもりが、ストーリーの構想がどんどんふくらんで、こうした小説のスタイル（それもシリーズで全四冊）になったんだとか。おもしろいのは、そのきっかけともいえる読み聞かせのふんいきを、そのまま本にしてしまったことです。読みながら、まるで作者が目の前にいるかのような臨場感を味わえて、ぐっと親しみがわいてくるからふしぎです。もちろん、マジックがテーマですから、章のあいまに、みなさんにトライしてほしい基本の手品がいくつか紹介されていますし、ほかにも、暗号があちこちにあったり、ふつうは読みとばされることの多い目次にも、いっぷう変わったコメントが入っていたりと、とにかく作者のこだわりがぎゅっとつまった一冊です。

アメリカではすでに二〇一七年に発売され、海外の子どもたちには大人気のようで、息子や娘がくり返し読んでいます、とか、何度も読み聞かせをせがまれます、といったお父さん、お母さんの声がレビューに上がっています。ワクワクドキドキのストーリーはもちろん、手品や暗号解読の楽しさが、何度もこの本を手に取りたくなる理由なのでしょう。

シリーズ一巻目の本書は、主人公の少年カーターがサギ師のおじさんから逃げ出し、カラフルな列車にとびのるところから始まります。たどり着いたのはミネラルウェルズという小さな町。たまたまそこに移動遊園地（カーニバル）が来ていて、会場にもぐりこんだカーターは、運命を変える出会いをはたします。ちなみに日本で遊園地といえば、つねに同じ場所にあるものがほとんどですが、海外では数日から数か月の期間限定で設置される移動遊園地が大人気で、『トイストーリー4』や『パディントン2』など、映画にもたびたび登場します。ある日とつぜん、自分の町にはなやかな遊園地があらわれたら、それはもうワクワクしますよね。

ところが、カーターは遊園地をすなおに楽しめる子どもではありませんでした。なにしろ逃亡中の身ですし、小さいころに両親をなくし、サギ師のおじさんとの長年にわたる放浪生活のせいで、楽しいことを知らず、この世はインチキばかりだと思っていたのです。それでも、心の底では帰る家とあたたかい家族をずっと夢みていたカーターは、ミネラルウェルズでの新たな出会いのなかで（いい出会いもあれば、魔の手ものびてきます）、自分の居場所をみつけていきます。最初は、自分の身の上を恥じるあまり、みえすいたウソをついたり、見栄をはったりするカーターですが、初めてできた友だちのやさしさにふれるうちに、自然と本来のすなおさを取りもどし、ついには仲間をリードして、悪徳サーカス団に立ちむかうたのもしい存在になります。その変化と成長ぶりが、一番の読みどころではないかと思います。仲間と知恵を出しあってのぞむ、悪徳サーカス団打倒作戦がはたして成功するのか、カーターたちの奮闘《ふんとう》ぶりにもご注目ください。

そんなカーターの仲間たちも個性派ぞろいです。ヴァーノン家の養女リーラは、明るく積極的な女の子で、脱出マジックを愛し、鍵あけの名人。音楽学校に通うシオは、バイオリンの弓を使って物をうかせるマジックが得意で、つねにタキシードを着た小さな紳士。車いすの少女リドリーは勝ち気でずばずばものをいう知恵者で、物をほかの物に変えるマジックが大好き。そして、オリーとイジーはプロのタップダンサーで、観客の心をつかむとびっきりのエンターテイナー。この六人が、今後も力をあわせ、ミネラルウェルズの町で起こる不可解なできごとの真相解明に奮闘します。

もうひとり、わすれてはならないのが、カーターのみちびき役ともいえるヴァーノン氏です。ちょっとなぞめいたところのある魅力的な紳士で、マジシャンという妙技をひろうする職業のせいなのか、必ずしも子どもたちに常識的な大人の対応をとりません。あるいは、ほかに何か理由があるのでしょうか？　そのあたりにも注目してもらえると、シリーズをより楽しんでいただけると思います。そうそう、ヴァーノン氏の店にプレストという〈看板インコ〉がいますが、プレストのセリフには、たまにかくれた意味があるかもしれないので（言葉の最初の文字が重要だったりするかも……）ご注意ください。

ここで二巻目の予告をちょっとだけ。今度はリーラを悩ませる騒動がつぎつぎに起こります。リーラは町のホテルでむかし起きた火事の原因が、父ヴァーノン氏が少年時代に作ったマジック同盟〈エメラルドリング〉にあるらしいと知り、仲間と真相を探り始めます。そんなとき、ある予言者のショーに、リーラが赤ん坊のころに別れた生みの親だという夫婦があらわれ、ヴァーノン家は大混乱に……。次の巻ではリーラたちの行く先にさまざまな暗号が待ち受けています。ぜひいっしょに暗号を解いて、深まるなぞにせまってください。

最後にこの場を借りて、ミスフィッツたちを生き生きと描いて作品をもりあげてくださっているイラストレーターのじろさん、デザイン事務所アルビレオのみなさん、この本の魅力を引き出すべく奮闘してくださっている編集の足立桃子さん、そのほか、このシリーズの刊行に尽力くださっているみなさんに心から感謝を申し上げます。

二〇二四年五月

松山美保

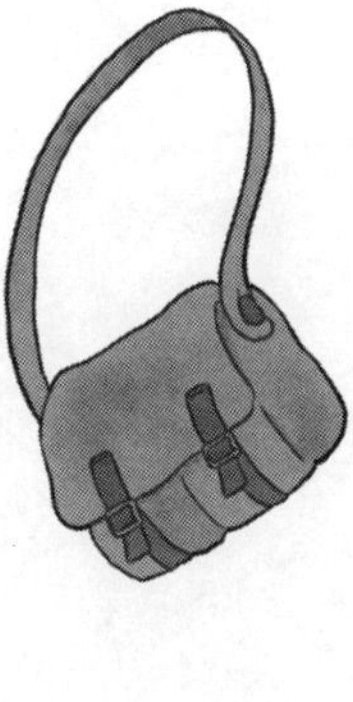

BOOKDESIGN
ALBIREO

ニール・パトリック・ハリス

Neil Patrick Harris

アメリカの俳優、映画監督、プロデューサー。4歳から芸能活動を始め、映画、テレビ、舞台、ミュージカルに数多く出演。トニー賞を二度受賞するなどマルチに活躍している。本書は、子どものころから得意な手品を題材に子どもたちを楽しませる本が書きたいと手がけた児童書シリーズで、デビュー作でありながら大きな話題作となった。

松山美保

Miho Matsuyama

1965年、長野生まれ。翻訳家。金原瑞人との共訳に「ロックウッド除霊探偵局」シリーズ（小学館）、「魔法少女レイチェル」シリーズ（理論社）などがある。他、訳書に「白い虎の月」（ヴィレッジブックス）など。

じろ

Jiro

関西在住のイラストレーター。2018年よりSNSでイラストの活動を始める。柔らかいタッチと色合いで絵を描く。猫が好き。

痛快《つうかい》!
マジック同盟ミスフィッツ

A

カーニバルに消えたダイヤを追え

2024年7月9日　初版発行

作者
ニール・パトリック・ハリス

訳者
松山美保

発行者
吉川廣通

発行所
株式会社静山社
〒102-0073　東京都千代田区九段北1-15-15
TEL 03-5210-7221 ／ https://www.sayzansha.com

印刷・製本
中央精版印刷株式会社

イラストレーション
じろ

編集
足立桃子

ISBN978-4-86389-776-2